中国民间故事丛书

各领风骚

民间历史人物故事

刘守华　陈建宪　主编

华中师范大学出版社

新出图证（鄂）字10号

图书在版编目（CIP）数据

各领风骚：民间历史人物故事/刘守华，陈建宪主编. —武汉：华中师范大学出版社，2015.12（2017.6重印）

（中国民间故事丛书）

ISBN 978-7-5622-7190-1

Ⅰ. ①各… Ⅱ. ①刘… ②陈… Ⅲ. ①民间故事—作品集—中国 Ⅳ. ①I277.3

中国版本图书馆CIP数据核字（2015）第282172号

各领风骚：民间历史人物故事

©刘守华 陈建宪 主编

责任编辑：陈良军 古 沁　　**责任校对**：王 胜　　**封面设计**：胡 灿

编辑室：幼教中心　　**电话**：027—67867317

出版发行：华中师范大学出版社有限责任公司

社址：湖北省武汉市珞喻路152号

电话：027—67863280/3426（发行部）　027—67861321（邮购）

传真：027—67863291

网址：http://www.ccnupress.com　　**电子信箱**：hscbs@public.wh.hb.cn

印刷：湖北卓冠印务有限公司　　**督印**：王兴平

字数：90千字

开本：710mm×1000mm 1/16　　**印张**：7.5

版次：2015年12月第1版　　**印次**：2017年6月第3次印刷

定价：18.00元

欢迎上网查询、购书

目录

MULU

名人传说故事

帝王传说故事

尧王传舜[1]

舜在厉山上开荒种地，收成好，待人好，厉山一带老百姓都愿意靠近他。独家庄变成了小村庄，时间不长就成了个大村子。大伙儿都照着舜的样子学，互相亲亲热热，和和气气像一家人，不光是没有人吵嘴打架、争田夺地，而且你敬我爱，互相让起田界来。舜勤俭、和气、能干的名声越传越远。

当时，尧王爷坐天下。尧王爷眼看年纪大了，儿子又不成器，他不情愿叫天下老百姓以后受害，就时常打听哪里有贤良的人，好把天下让给他坐。舜的名声越传越大，尧王爷听说了，亲自跑到厉山去打听，打听确实后，就指派他的九个儿子去和舜一起生活、劳动。看看舜到底是一块真金还是一块烂铜。过了一些时，尧王爷的儿子回到尧都，除了大儿子丹朱没说好话，其余的都说舜是个又贤良又有才干的人，可以把天下让给他。

尧王爷心里还不踏实，他把舜叫到朝廷里，让他先做了管农业的官，后来又做了管法律的官，再后来又做了管教育的官……朝廷里的各个官，舜都做遍了，样样干得好，尧决定再做最后一次考试。

这一天，满天黑云，压得人头都快抬不起来了，眼看大雷雨就要来了，尧王爷派人把舜送到预先选好的大山林里。叫他等到大雷雨来了以后，一个人设法回去。这次主要是看看舜的胆量和勇气。

那个大山林里，有的是豺狼虎豹、毒蛇怪兽。可那些东西见了舜，远远地就避开了。为啥？因为舜是重明鸟托生的，他眼窝里有两个瞳仁，可以避妖驱邪。不管是毒蛇猛兽，还是妖魔鬼怪，只要舜一睁眼，它们就不顾命地逃跑了。这些，舜自己并不知道。

舜一个人在大山林里等了一会儿，真的大雷雨来了。山林里乌黑一片，狂风呜呜叫，水桶粗的大树都被刮断了；天像漏了底，大雨直往下浇；可舜的胆子大，心眼好，不惊慌，也没有迷路，冒着大雷雨顺顺当当走出了山林，走回去了。

最后一次考试，舜又得了满分，尧王爷彻底放心了，就把天下让给他坐。

阅读加油站

①本文选自《中国民间故事集成·山西卷》，中国 ISBN 中心，1999 年，第 38～39 页。

望帝化鹃[1]

早先，岷江上游有个水急浪涌的滩，龙王的一儿一女住在那里。龙妹心地善良，哥哥是条恶龙。恶龙又凶狠又贪吃好睡，一睡就一年半载，每年热天六、七月间才起来。他一起来就在那滩上兴风作浪，把川西坝子的田地淹了，把庄稼、牛羊猪鸡吃了。老百姓给那里取了个难听的名字，叫“恶龙滩”。

龙妹见哥哥年年涨水害人，心头[2]很难过。她趁恶龙睡着了的时候，悄悄地出了龙宫，飞到嘉定（今四川乐山）河边。她看到凌云山边的两条河道有一条被恶龙移山堵住了，河水上涨成灾，就飞到山上，用尾巴使劲一抽，抽开了一个一百多丈宽的大缺口，河水就顺顺当当地流走了。

到了这年热天，恶龙睡醒了，肚子饿得慌，就在水里又扳[3]又跳，张开嘴巴吐水，搞了好一阵，但河水却没有涨起来。他觉得奇怪，就顺水到下游去看，原来堵水的山被挖开了。当他晓得是妹妹在跟他作对时，气得又吼又叫，不顾兄妹情分，把龙妹弄到高山洞里关起，还派四只猛虎守住洞口。然后，他又搬山堵河，涨起大水淹坝子。两岸的百姓，被淹得爬到屋顶上、大树上躲起来，又饿又怕，哭声不断。恶龙把庄稼、家禽家畜饱饱地胀了一肚皮，又回龙宫睡去了。

岷江的上游叫汶水，在它的北面有座青城山，山上住着一个年轻的猎人叫杜宇。他品性好又勇敢。他看到年年涨大水，老百姓太苦了，就决心为民除害。他到处访问治水的妙法。有一天，他爬上一座高山，躺在一棵大树底下睡着了。他梦见一位白须白发的神仙，手里拿了根龙头拐杖，轻飘飘地走到他身边。他赶忙起身要行礼，但被树上的雀雀[4]叫声惊醒了。睁眼一看，神仙不见了，一根龙头拐杖放在身边。他拿起拐杖把细一看，上面刻了两行字：

降龙于滩，伏虎在山；

治平洪水，造福人间。

杜宇连念了几遍，明白了这是神仙要他拿起拐杖到滩上去打恶龙，到山上去杀猛虎。杜宇拿着龙头拐杖到了恶龙滩，恶龙正在滩上扳水，兴风作浪。他见杜宇来了，就张牙舞爪地扑上岸来抓杜宇。杜宇举起拐杖就打，两个打得昏天暗地。恶龙虽然凶猛力大，但不如杜宇灵活。杜宇趁恶龙不注意，一拐杖打断了他的背脊骨。恶龙腾[5]不起来，只得躺在河坎上，伸出血红的长舌头去卷杜宇。杜宇又是一拐杖打断了他半节舌头。恶龙疼得在地上翻滚，逃到深水里去了。

杜宇降了恶龙，又赶到高山杀虎。到了山顶的时候，他看见四只猛虎守住一个大岩洞口。那猛虎嘴巴张起像血盆一样，呜呜地吼着要吃人。杜宇舞起龙头拐杖，左一扫右一扫，几下就把四只猛虎打死了。杜宇进了岩洞，听见有人哭泣的声音，睁大眼睛一看，只见一个年轻美貌的姑娘被铁链锁在那里。一问，才晓得是龙妹，因为开山放水，被哥哥恶龙关在这里。杜宇很喜欢她，就请她帮助治水。龙妹感激杜宇的救命之恩，同杜宇一起去了嘉定。两个人一齐动手，很快把堵住河口的山劈开了。河水哗哗地流了出去，从此不再泛滥成灾了。

杜宇治平了洪水，蜀民拥戴他做了国王，号称“望帝”。他和龙妹也结成了夫妇。平时，杜宇经常巡视河道，教老百姓兴修水利；龙妹就教女人栽桑养蚕。从此，蜀民过上了太平安乐的日子。

有一回，望帝听说玉垒山[⑥]一带河道不通畅，还在涨大水，他就赶忙去查看水情。忽然，他看见从郫江水面上漂来一具尸体。望帝喊人把尸体捞上岸，一摸他的心口，还有点热和[⑦]。望帝把尸体翻转去，把肚子里的水倒了，又喊人烧起姜汤灌下，把这人救活了。他自称是湖广人，名叫鳖灵，遇风浪落到河里，昏昏沉沉地顺着长江漂到这里来了。望帝和他谈起治水的事，他说要治平水患，就要开山导江，分流引水灌田。望帝见他很有见识，就请他掌管治水的事。

鳖灵对人谦恭，做事认真，治水也很得力。没过好久，他就把玉垒山开通了。放水那天，他请望帝来看。望帝心头喜欢，封鳖灵为相。他拿起龙头拐杖，指着河水说，从此水患要被治好了。一不小心，那龙头拐杖掉进河里，化成蛟龙游跑了。哪晓得，鳖灵是个面善心恶的奸臣，他看到望帝掉了龙头拐杖，失去了降龙伏虎的本领，就起了邪念，想要害死望帝，还想霸占貌美的龙妹。

一天，鳖灵去西山打猎回来，对望帝说："我在西山遇到当年的恶龙，他被你用拐杖打断了背脊骨和舌头，再也兴不起水浪危害百姓了。他藏在山洞里天天吃素，已经改恶从善了。他很想念龙妹，还请你去一趟，他要同你当面言和。"龙妹晓得哥哥心肠狠毒，本性难改，劝望帝不要去。鳖灵却劝说："冤家宜解不宜结。跟他和好了，万一遇上干旱，他还可帮助行云降雨。我愿和你同去。"望帝觉得鳖灵说的话有道理，就答应了。望帝刚走到半山腰就落进陷坑，被恶龙抓进山洞锁了起来。望帝这才晓得上了当，恨透了鳖灵，但也没办法了，不久就含恨而死。望帝死后，仍想念龙妹，仍想念蜀中百姓，冤魂变成杜鹃鸟儿，向汶水南面的家乡飞去。

这时，鳖灵已登上了皇帝宝座，自称"开明帝"。他对龙妹说，恶龙翻脸不认人，害死了望帝，望帝临死时把帝位传给了他，要龙妹做他的皇后。龙妹不相信望帝死了，不肯顺从鳖灵，被鳖灵打入冷宫。有一天，她看见一只很好看的鸟儿在窗前飞，边飞边凄惨地叫"归汶阳[⑧]！归汶阳！鳖灵真是黑心肠！"龙妹听了这鸟儿的话，心头又惊又急，心想望帝真的是遭鳖灵害死的。龙妹忙对鸟儿说："鸟儿嘞鸟儿嘞，你若真是我的夫君变的，就请连叫三声、点头三下。"话刚落音，那鸟儿当真就叫了三声，点了三下头。龙妹悲痛欲绝，日夜哭泣，绝食死了。龙妹的魂魄也化成了杜鹃。从此，天空中就有了一雄一雌两只杜鹃鸟，边飞边叫："归汶阳！归汶阳！鳖灵真是黑心肠！"叫得嘴角流血，声音听来惨得很，像是望帝、龙妹夫妇日夜不停向人们诉说心中的冤屈。

每年农历二月，杜鹃叫得最起劲。人们听久了，又以为杜鹃是在叫："春日忙！春日忙！快快播种好收粮！"人们就赶忙下地做活路，不敢耽搁。从那时起，蜀中的父老就代代相传，说杜鹃是望帝夫妇的冤魂变的，因为心头有苦，所以叫声很惨，嘴巴也叫出了血。又说，他们生前为民治水，死后还挂念着老百姓，变成鸟催人们春耕播种。

阅读加油站

①本文选自《中国民间故事集成·四川卷》，中国 ISBN 中心，1998 年，第 105～107 页。

②心头：心里。

③扳：转动，翻腾。

④雀雀：鸟儿。

⑤腾：飞升。

⑥玉垒山：今都江堰市城西。

⑦热和：指物体的温度。文中指身体的温度，暗示那人还有救。

⑧汶阳：古代以山之南，平之北为阳，文中指汶水的北面。

秦始皇赶山[1]

传说，庐山是秦始皇用他的一根神鞭，从长安赶到这儿来的。

秦始皇修筑万里长城的时候，在全国各地抓了很多老百姓。这当中也有一部分是读书人，这些人平时只晓得啃书本，现在整天要他们挑砖运土，叫他们怎么吃得消呢？全都瘦得猴子一样，一个个叫苦连天。

这天，黎山老母打坐天宫，忽然看见一股怨气冲上天空，她拨开云雾一看，见那些修筑长城的人，全被扁担压弯了腰，连走路都走不稳。黎山老母心里不忍，便拿出一把红丝线，往下一丢，那些红丝线便在空中散了开来，飘飘忽忽的，随着风往下落，一根根落在那些挑担子的人的扁担上。黎山老母丢下的这些红丝线，都是仙家的宝物，一捆在扁担上，担子就轻了七八成。真是救了那些人的命啊！

这件事也不知道怎么被秦始皇知道了。他就想："这是什么红丝线，竟会有这样的神通呢？说不定是什么仙家的宝物。"秦始皇这么一想，就下了一道圣旨，把那红丝线全部收拢来，他要另派用场。秦始皇圣旨一下，下面那些官员就跑断了腿。

当天晚上，趁那些做苦工的人睡着了的时候，他们便派人把扁担上的红丝线一根根解下来，第二天用一匹快马送进了皇宫。

秦始皇拿着那些红丝线，看了又看。每一根都是细细的、亮亮的，怎么用力拉也拉不断。秦始皇又想了想：一根红线就有那么大威力，如果把红丝线全拧在一起呢？那不就威力无比了吗？秦始皇就想了个主意，选了几个手艺巧的人，把这些红丝线编啊绞啊，一直编绞了三天三夜，终于编成了一条又粗又长的鞭子。秦始皇非常高兴，他要亲自试试这根神鞭的威力。

秦始皇摆驾出了长安，前呼后拥地来到骊山，下了龙辇。他手握神鞭，对着骊山"呼"地就抽了一鞭。这一鞭抽下去可不得了啦！就听得"轰隆隆"一声响，飞沙走石，就像用斧头砍了一样，把骊山劈掉了一半，连秦始皇也吃了一惊。好厉害啊！真是一条赶山鞭啊！有了这条神鞭，秦始皇就抖起了威风。对！我要赶着骊山去把东海填掉，也让天下的人都知道我的本事。秦始皇这么一想，就"啪啪啪啪"一连抽了九十九鞭，把劈下的那半边山抽成了九十九个山包，九十九个山洼，变成了九十九座奇峰，九十九个险谷。秦始皇又一路挥着鞭子，赶着山直往东海跑。

秦始皇要赶山填东海，这可把东海龙王吓坏了。他赶忙出了龙宫，腾云驾雾上了天庭，向玉皇大帝启奏，说秦始皇要赶山填他的东海，请玉皇大帝救他。玉皇大帝听了也有些为难，秦始皇是真命天子，又不能随便杀他。玉皇大帝想了想，便下了一道圣旨，命龙王的女儿三公主去阻止秦始皇赶山填海。

三公主领了玉皇大帝的圣旨，摇身一变，变成了一个很漂亮的村姑，在秦始皇要经过的长江边上，摆了个茶摊，在那里等着。过不了几天，秦始皇真的赶着山来了。他这一路上走得急，又不停地挥动着鞭子，早已经累得不行了。过了长江，老远就看见一个斗大的“茶”字，又闻到一股清香味，走近一看，原来是一个茶摊。秦始皇很高兴，就想坐下来休息一下，喝几口清茶养足了精神再赶路。

秦始皇握着赶山神鞭，进了茶摊，一眼就看见了那个卖茶的村姑，哎呀！长得真漂亮，一双眼睛像清泉一样，笑起来脸上一对酒窝，真是赛过天仙啊！秦始皇看得眼睛都发直了。心里想：我有三宫六院，七十二妃，没一个能比得上她。像这样漂亮的女子，我何不把她选进宫去呢？秦始皇正想得美滋滋的，三公主朝他微微一笑，说：“客官，想必是要喝茶吧，请坐，请坐！”三公主这一笑一热乎，秦始皇连骨头都酥了。他坐在凳子上，眼睛就没有离开过三公主。

三公主笑眯眯地给秦始皇泡上一杯香茶，说：“这是我们山里自己种的茶，客官请不要见怪。”秦始皇喝了一口，说：“唔，果然是好茶，请问村姑尊姓大名，怎么一个人在这儿卖茶？”三公主说：“奴家名叫海姑，家住南山下，因家境贫苦，生活艰难，才卖茶糊口。”

秦始皇一听，心里更加高兴。他拿出皇帝的架子，说：“实话告诉你，我是当今皇上，也算你有造化，遇见了我。你只要随我进宫去，保管你穿的是绫罗绸缎，吃的是山珍海味，一天到晚都有人服侍你，保你享一辈子的福!”三公主故意装作很吃惊的样子，赶紧低下头，不做声。秦始皇以为她不肯跟他走，说：“我还可以给你造一座美丽的宫殿，任你游玩，这你总该高兴了吧?”三公主还是摇摇头，不作声。秦始皇更急了，说：“那你要什么呢？我是皇帝，这天下的一切都是我的，只要你要，我都可以给你。”

三公主见秦始皇总是握着那根赶山神鞭，一刻也不松手，便心生一计，说：“万岁说的是真的吗?”秦始皇忙说：“有道是君无戏言!”三公主“扑通”一声跪在地上，甜甜地说：“谢万岁!”三公主这么一跪，把个秦始皇喜煞了，慌得他赶紧丢下赶山神鞭，双手把三公主扶起来，说：“我的美人，只要你答应我，要什么你就说吧，孤王都给你。”三公主见秦始皇放下了赶山神鞭，心里暗暗高兴，她趁秦始皇没防备，“刷”地一下就抢过了神鞭，说：“我要的就是这根鞭子!”三公主说完，“呼”的一声，化作一阵清风，拿着神鞭，回东海龙宫向父王复命去了。

秦始皇丢了赶山神鞭，再也不能赶山啦。那座山就永远地留在了长江南岸、鄱阳湖边上。这就是现在的庐山。被秦始皇九十九鞭抽打出来的九十九个山包，九十九个山洼，就成了现在庐山的九十九座山峰，九十九座山谷，又美丽又险要。

阅读加油站

①本文选自《中国民间故事集成·江西卷》，中国 ISBN 中心，2007 年，第 25～27 页。

刘秀逃难[1]

传说刘秀是王莽的亲外孙，不过刘秀是汉朝刘家的后代。王莽篡朝之后，总觉得刘秀对他是个最大的威胁，于是千方百计想害死刘秀。王莽追杀刘秀的时候，刘秀跑得快，王莽的人在后边也追得紧。有一天，刘秀骑的骡子渴得走不动了，正巧来到一个井边，刘秀见了井心里很高兴。但没取水的工具，眼看王莽的人马就要赶到，他心里又很着急，就说："这井一歪，水到井口，我的骡子不就能喝水了吗?"说完，那口井果然慢慢向一边歪了，井水溢到井口，骡子低下头就喝了起来。

这天晚上，刘秀走得人困马乏，想找个地方住下来休息一下。他四面一看，左右不见村庄，只见前面有座破庙。他想在庙里借宿一晚，天明再走，于是就向庙里走去。走到庙门边，听到庙里有人在说话，他紧走几步在外叩门，又喊了一阵，但无应声，也听不到说话声了。刘秀急了，就说："谁在里边，怎么不答话！没耳朵吗?"门开了，进到里边一看，果然没有人，可是一个个泥胎的耳朵却都掉了。从此，人们都把这个庙叫没耳朵庙。

刘秀在庙里住了一夜，天明，王莽的人又追来了，刘秀急忙逃走。眼看就要被王莽的人追上了，他见到一个犁地的农夫，心生一计：他把骑的骡子套在农夫的犁上，自己躺在犁翻过的土沟里，将身子用土埋起来，在外面一点也看不出来。刘秀躺在土沟里觉着有一个小虫在他脸上拱来拱去，拱得很痒痒，忙用手掐断了虫子的头和身体并扔到一边去了。王莽的人走过去了，刘秀扒去身上的土坐起来，心里想：被土埋了好长时间，为啥没感到闷气呢？看到扔到一边的小虫，才忽然想到：原来是它在脸上拱的小孔透过气来，才没感到闷得慌。这个虫救了我，我咋能忘恩负义去害死它呢？想到这里，就掐了一个草梗，把小虫的头和身子接起来，这个虫就是蝼蛄。

再说刘秀躺在犁沟里的时候，追兵赶到，见没了刘秀，便询问农夫：“看到刘秀了吗？”空中盘旋的老雕听了，喊道：“犁沟里！犁沟里！”在树上筑巢的喜鹊听了，也喊道：“打打打！打打打！”只有老鸦，对遇难的刘秀十分同情，忙喊道：“疯话，疯话。”追兵听了打马走了过去。

后来，刘秀做了东汉皇帝，因为老雕和喜鹊陷害天子，得罪了老天，于是老天罚老雕不得好死，死时被小雕啄食；

罚喜鹊三伏天不能喝水，直渴得它喳喳乱叫。乌鸦有恩于刘秀，封它死前由小鸦衔食反哺，直到瞑目。古人有句俗话"乌鸦有反哺之恩，何况人乎?"说的就是这个故事。

追兵过后，刘秀如惊弓之鸟，风餐露宿，继续逃命。那时，兵荒马乱，常常走几天不见人家。这天，刘秀跑得又累又饿，觉得眼前一黑，便一头栽在路旁的一棵桑树下，什么都不知道了。时值桑葚成熟，一阵微风过后，桑葚掉落满地，有几个正好掉进刘秀的嘴里，汁液刺激刘秀醒了过来，他拾起桑葚，饱餐一顿。人在困难的时候对得到的帮助往往感激不尽，刘秀说："我若得帝，封你为树王。"

后来，刘秀战胜了王莽，当了皇帝，不忘自己的诺言。于是，他带群臣来到当年自己避难的地方，举行封树王的仪式。不料正是冬季，树叶都落了，光秃秃的，几棵树看起来大致都一个样。刘秀没仔细分辨，指着椿树封了王。从此，椿树长得又快又好，人们都爱，盖房、做家具、做棺木、修庙宇都用一些椿木，取的是"三木镇邦"之意。刘秀封椿树为树王以后，桑树越想越气，终于气破了肚皮，留下了一条裂缝。据说柳树对此不平，也气弯了腰，真是奖罚不明，木也不平。

阅读加油站

①本文选自《中国民间故事集成·山东卷》，中国 ISBN 中心，2007 年，第 83～84 页。

赵匡胤赌华山[1]

亳州城南有个小小的村庄，名叫“十二里庙”。听老辈人说，庙里前殿供奉着五个龙王，后殿供奉的是陈抟老祖。这地方原是陈抟的家乡，如今还有一块古老的石碑，上面刻着“希夷故里”四个大字。陈抟为啥又叫“希夷”呢？这还得从陈抟与赵匡胤[2]华山下棋说起。

陈抟年轻时进京赶考，金榜上没有挂名，又加上连年战乱，他便远离家乡，隐居华山，做了华山玉泉寺的道士。

有一次，赵匡胤兵败路经华山，听人说山上有个名叫陈抟的道长很有学问，尤其擅长下棋，九山十八寺的和尚、道士都尊他为“弈林高手”。赵匡胤也好[3]下棋，并且下得很不错。于是，他不顾疲劳，爬到了半山腰的玉泉寺。二人初次相逢，一见如故，边走边聊，来到一个幽静处，赵匡胤一抬眼，猛然发现迎面的一棵苍劲挺拔的古柏上，斜立着一块状如巨掌般的石壁，上刻“磨剑石”三个大字。他忙走上前去，摸着这块巨石，不由得叹道：“唉！可惜我的一把宝剑快要锈坏了！”

陈抟见他有点“英雄气短”，便勉励他：“磨砺从蓄，待时来运转，看君斩蛇！”说罢，二人相视一笑。接着，他俩走到一块大青石上，双双盘腿打坐，下起棋来。

赵匡胤棋虽下得不赖[4]，可哪里是陈抟的对手呢！下了三盘，赵匡胤连输了两盘半，眼看这第三盘又要输给陈抟。这时，赵匡胤却像个孩子似的，笑着将棋子拨拉乱了，非要重下不可。陈抟笑着说道：“败军之将不可言勇。你赵老匡连连败阵，不堪一击，不跟你下了！”

赵匡胤忙笑着反驳说：“老兄，此言差矣！常言道：‘胜败乃军家常事。’岂能以一时之胜负论英雄?！刚才那几盘，是俺没用功夫下，让你侥幸取胜了。再说，俺老赵下棋还有个怪脾气——下着玩的常输，赌东西的常赢。”

陈抟听罢，高兴地说：“那好，咱俩就赌东西。”

赵匡胤又笑道：“老兄啊老兄，眼下我除了这把锈了的宝剑，你看还有甚好赌的?”

“有，有！可拿这方圆五百里华山作赌嘛。”

赵匡胤心想：那行，这华山又不是俺姓赵的家当，只要不输掉我这把宝剑，输了华山又有何妨？当下便一口答应下来。

赵匡胤接着向陈抟问道：“老兄，我拿华山作赌，可你赌什么呢?”

“我拿信义作赌！这盘棋我要是输了。日后我修道成了仙，甘愿赔你八百年的道分。”

“一言为定？”

“一言为定！”

于是，二人“啪、啪、啪”连击三掌，然后重新布局，又战将[5]起来。

只因这是最后一局，还有赌注所以赵匡胤费尽苦心！陈抟见赵匡胤这一盘棋下得甚是用心，也就先让他几招。赵匡胤眼见得自家节节胜利，一时间眉飞色舞起来。但二人周旋了整整半天，却仍然不见分晓。陈抟又见赵匡胤心情有些烦躁并连连掏出手巾揩汗[6]，便提议道：“赵老弟，今日天色已晚，不如暂且封棋，回山寺进餐，歇息一下，晚间再战如何？”

赵匡胤此刻眼见一时难分胜负，一听陈抟提出暂时休战，便连声答应。

晚饭之后，陈抟着小童挑灯夜战。又接连厮杀了两个时辰，赵匡胤虽使尽了浑身的解数，但最终还是输给了陈抟。

原来，陈抟是后发制人。就这样，赵匡胤把个偌大的一座华山输给了陈抟。

十年以后，赵匡胤陈桥兵变，黄袍加身，真个当了大宋朝的皇帝了。陈抟听到以后，仰天哈哈大笑说：“天下从此太平了！”

赵匡胤做了皇帝以后，一天，忽然忆起当年兵败路过华山与陈抟下棋一事，方才悟到陈抟确实早已是神仙中人，便传下一道圣旨，宣召陈抟进京，专门向陈抟请教修行之道。

陈抟进京后，对答道："进贤治乱，便是最好的修行！"

赵匡胤听罢，龙心⑦大喜，便要留他在朝廷做官，扶保大宋江山，可陈抟一口拒绝。赵匡胤无奈，这才赐号"希夷先生"，厚礼相送还山。

赵匡胤回朝后，又降下一道"华山方圆五百里，世世代代不纳粮"的圣旨。从此以后，陈抟老祖成了华岳之主。

后来，人们在他们当年下棋的那块大青石上，修建了一座"下棋亭"。因为当初陈抟和赵匡胤曾在那块"磨剑石"下拍手击掌过，后人就把华山山峰命名为"华岳仙掌"，成为著名的"关中八景"之一。

阅读加油站

①本文选自《中国民间故事集成·安徽卷》，中国 ISBN 中心，2008 年，第 98～99 页。

②赵匡胤（927—976）：赵匡胤即宋太祖，北宋的建立者，涿州（今属河北）人。

③好：喜欢。

④不赖：不错。

⑤战将：口语，文中意为两人又开始下棋对战。

⑥揩汗：口语，意为擦汗。

⑦龙心：圣意，皇帝的情绪。

千里送鹅毛[1]

朱元璋在南京做了皇帝，消息传到了凤阳县太平乡的孤庄村。孤庄村有个汪氏老大娘一听，顿时乐得脸上像绽开了一朵大菊花，逢人便说："想不到俺那干儿子重八坐了朝廷了，苦孩子熬出头了!"

朱元璋的小名叫重八，当年住在孤庄村的时候，汪大娘就很喜欢他。朱元璋家里经常吃了上顿没下顿，饿得喊爹叫娘。汪大娘心疼他，就时常地拿块干饼、烧块山芋给他吃，时间长了，感情厚[2]了，朱元璋感激大娘的恩情，就认大娘做了干娘。

这时，村上的人都来看望汪大娘，劝她说："重八做了皇上，你这个当干妈的，还不赶紧去看看，跟着皇上享享福去。说不定明儿咱们还都能沾沾光呢。"汪大娘笑了："我咋不想去呢。就不知道人家如今可还认得俺这个穷婆子不?"她说的是担心话，可心里头还是乐滋滋的。邻居们又说："他怎会不认你？当年，要不是你送他去当和尚，怕早饿死了，还会有今天?"汪大娘叹了口气："唉——"接着说："那年月也是没法子，还不怪他这个干妈也穷，养活不起他。要不……”汪大娘说着，不由得掉下两串泪珠来。“好了！好了！”邻居们进一步解劝说：“如今已是苦尽甘来了，难过个啥？赶紧收拾收拾，到京师去走一趟吧！”

汪大娘本来就想去，又听了邻居们的说合[③]，当下便拿定了主意：“俺这就去。”把家里粗略收拾一下，把自己认为最好的衣服换上，准备动身。可是她一想：不行呀！多年没见干儿子了，如今要去看看，还能空着两只手去吗？总得要带点啥的，也不枉做干妈的一片心意。可是带啥呢？买好吃的，好穿的，摸摸身上没有钱。再说人家做了皇上，还缺这些！买好玩的，好看的，在这乡旮旯[④]里又能买到啥呢？就是能买到，也还是没有钱呀。

正在为难，忽听门外“嘎！嘎！”两声，两只大白鹅伸着长脖子，一晃一晃地走进屋来。有了！就将这两只大白鹅逮着送了去吧！转眼看看门后头，还有一斗高粱米。再拿这点高粱米，换上一坛子酒去。烧老鹅，下烧酒，也许重八多少年都没有尝过这乡土地方的鲜味了呢！汪大娘想着想着，笑开了。

说办就办，当下就把两只大白鹅逮住，找了一段麻绳，将鹅腿捆了，又把那斗高粱米，扛到就近的槽坊里，换了一坛子老烧酒，然后向邻居们打声招呼，动身上路了。临上路的时候，邻居们都来送她：“见了皇上，多给咱们说几句好话，就说孤庄村的人，等着托他的福哩！”汪大娘笑着回答道：“记着了，只要他还认俺，就短[⑤]不了你们的福。”

却说汪大娘动了身，带着两只大白鹅，一坛子烧酒，一路上翻山涉水，日行夜宿，不两天，便已经赶到了长江边上，过了江，就是朱元璋所住的京师了。可是这长江又深又宽，江水滔滔，怎么过去呢？汪大娘站在江边上，眼望着滔滔江水，又着急了。正在为难，忽见有一只小划子[6]，从江那边划过来。小划子靠了岸，有几十个人跳下来，接着便听划子上喊道："有过江的，快上船了！"汪大娘一听，心里乐了，心想：这么宽的大江，还放了摆渡的，这一准是俺那重八干的好事。随即走下堤坡去，跳上了小划子。

汪大娘一辈子没见过大江，更是头一回坐上这样的小划子。小划子划动了，随着奔腾的江水，一浪高，一浪低，慢慢地向对岸划去。汪大娘坐在划子上，眼看着一片江水，白浪滔天，小划子一颠一簸，不由得有点害怕，而那两只大白

鹅呢，两三天没见到水了，见了那滔滔江水，却像发了疯似的，只顾挣扎着想下水里去。汪大娘心里害怕，只顾两只手紧紧抓住小划子的木板，没注意，大白鹅挣断了腿上的麻绳，“扑”地跳下去一只，游到江里去了。汪大娘被吓了一跳，连忙叫道：“鹅！鹅!”正在喊着，谁知另一只大白鹅腿上的麻绳也挣断了，“扑”的一声，也跳了出去。汪大娘急忙伸手去抓，小划子一颠，没抓着，这只大白鹅也游到江里去了，汪大娘只扯下了几根白鹅毛。

事又凑巧，她为了去抓大白鹅，身子一动，把带着的酒坛子也碰翻了，一坛子老烧酒咕噜噜地全都淌了出来。汪大娘一看，愣住了：大白鹅飞了，老烧酒洒了，这可还拿啥去见干儿子？顿时，几颗晶莹的泪珠，从眼角上滴了下来。同划子的人，都看这位老大娘可怜，为她丢了鹅、洒了酒难过。有个嘴快的便问她：“老大娘你到京师，是去走亲戚的吧!”

“是看俺干儿子!”汪大娘随口答应着。

“你干儿子在哪住？是干啥事的?”

“他……”汪大娘想要直说了，又怕被那人笑话，话到嘴边，又咽了回去，只紧紧攥了攥手里的那几根白鹅毛。

说话之间，小划子已经划到对岸。汪大娘拎了酒坛，跳下小划子，付了划子钱，便准备上岸。忽一想，俺拎了一个空酒坛子又咋办呢？一横心走到江边，灌了满满一坛子江水。白鹅飞了，还有鹅毛；老烧酒洒了，就拿水来代替吧！她心里暗暗盘算着。

汪大娘上了岸，一路打听，不多时，便来到了朱元璋的住地。她来到京城门口，先报给京城守卫。守卫一听是皇上的干妈来了，连忙往上禀奏。朱元璋一听是干妈来了，连忙出宫迎接，一直迎到京城门口。汪大娘见了朱元璋，悲喜交加，一把抱住朱元璋的臂膀就哭，哭着说道："孩儿，打你投军后，转眼一二十年过去了，可把为娘的给想坏了。不想如今你还能认得我呢……"手里却还紧紧地攥住那几根白鹅毛。

汪大娘哭诉之后，两人又相互叙说了一阵，朱元璋问道："老娘，你拿这几根鹅毛做啥？"汪大娘便把如何想送大白鹅来，又如何把它弄飞了，如此这般地叙说了一遍。朱元璋听了，笑了起来，说："好，鹅毛我收下，这就是千里送鹅毛，礼轻情义重。"又问那坛子里装的是啥，汪大娘又把始末详细说了，朱元璋说："也好！水酒，水酒，酒在水中嘛！我也收下。"说得两个人都哈哈大笑了起来。

阅读加油站

①本文选自《中国民间故事集成·安徽卷》，中国 ISBN 中心，2008 年，第 143～145 页。

②厚：深。

③说合：劝合。

④乡旮（gā）旯（lá）：指偏僻的乡村。

⑤短：少。

⑥小划子：小船。

努尔哈赤的传说[1]

努尔哈赤叫老罕王，是清朝入关前的第一代皇帝。

明朝末年，京城的观星台观出东北奉天要出真龙天子。一国不能有二君，明朝末代皇帝便命镇守奉天的大将李总兵查出此人，并且立即处死，以防他夺取明朝的大好江山。李总兵接到命令后四处查找，不见真龙天子的影子。明朝皇帝不允，李总兵又八方查寻，一连查了三个月也没查出来，累得他筋疲力尽。

这天李总兵回到府中，便命跟随身边的护卫小罕打洗脚水解解乏。小罕打来水后，李总兵叫小罕给他洗脚。小罕发现李总兵每个脚上有七颗黑痣，便问李总兵："总兵老爷，你脚上各有七颗黑痣能当总兵，每个脚上要有七颗红痣能当什么呢?”

李总兵惊愕地回答：“每个脚上要有七颗红痣就是真龙天子，将来当皇帝。可惜，谁也没有啊!”

小罕伸出脚给李总兵看，说：“总兵老爷，我脚上就有!”

李总兵看后吓了一跳。稍许，他镇静后喜之不尽，心想：好小子，你就是真龙天子，皇帝那儿要抓的就是你，查你好几个月没有查到，今天你送上门来。想后，他计上心来，让小罕去厨房一趟。李总兵便把小罕锁在厨房里，进内室将此事说给了小老婆听。李总兵然后去召集人马，打上木笼囚车，准备把小罕押送京城领功受奖。

李总兵的小老婆心地善良，心想：小罕是个真龙天子，我要放了他，他将来当了皇帝，我这个无儿无女的人，也就有了个依靠。李总兵的小老婆想到了这儿，便来到厨房打开锁，对小罕说：“你叫总兵看了脚上的红痣，他说你是真龙天子，如今就要把你押解京城，引来杀身之祸。今晚我要救你，你骑上总兵老爷的大青马，领着大黄狗从后门逃跑吧!”

小罕对总兵的小老婆千恩万谢，辞别了救命恩人，骑着大青马，领着大黄狗向长白山方向跑去，小罕刚跑出二十多里地，李总兵去厨房查看，发现小罕跑了，便亲领大队人马去追。小罕跑了三天三夜，李总兵追了三天三夜。小罕跑到苇塘边，大青马口吐白沫累死了，小罕领着大黄狗钻进苇塘里藏了起来。

李总兵追到苇塘边，见人没了。他想，小罕肯定藏到这片苇塘里，便命人放火。火越着越大，方圆几百里的苇塘顿时一片火海。

这时，小罕落泪了，心想：这回可完了，我肯定会被烧死在这里，挺着吧！大黄狗通人性，一见主人被困，危在旦夕，便跑到河沟滚了一身水，回来往小罕的身边草上滚水，火越着越近，小罕身边的水越来越多，大火一过，小罕和大黄狗安全脱险，小罕得救了。

李总兵看着被火烧过的苇塘，心想：小罕逃不出火海，肯定被烧死了。便下令叫大队人马撤回去，然后大队人马向奉天撤去。

大火灭了，大黄狗也累死了，小罕哭了一阵大青马，又哭了一阵大黄狗，便向长白山走去。途中小罕饥肠辘辘，便向挖野菜的姑娘要饽饽吃，姑娘便给他用红布包的饽饽吃，小罕到了长白山便天天上山用索罗棍挖人参。

后来，小罕长大当了皇帝，老百姓称他为“老罕王”。老罕王努尔哈赤取得帝位后，为纪念大青马，立国号为大清。为了纪念大黄狗，他下令，满族人不准吃狗肉，不许戴狗皮帽子。为了纪念挖野菜的姑娘给饽饽和用索罗棍挖人参，他又下令，满族人院内立上索罗棍，上边包块红布。

阅读加油站

①本文选自《中国民间故事集成·内蒙古卷》，中国 ISBN 中心，2007 年，第 131～132 页。

康熙王访贤[1]

相传康熙皇帝化装成算卦先生去访贤，走到邓家沟，看见一家大户人家有三百六十口子人，坐[2]在一个堡子里头，门上悬挂着“万物有”三个大字。康熙王一看，想这牌子是皇上家挂的，庶民百姓岂能悬这牌，我要化他三件东西。

堡门外一个很洋气[3]的耳房里坐着一个一百二十岁的老汉，这老汉就是这家掌柜的。康熙王说：“你家悬着‘万物有’的牌子，我要化你三件东西。”老汉说：“你要化啥哩?”康熙王说：“第一，大的比天大；第二，深的比海深；第三，硬的比钢硬。”老汉说：“数我年龄大，我没置下这些东西。”

正说着哩，堡子里大钟响了。康熙王问：“你家打钟干啥?”老汉说：“打钟吃饭哩，人太多饭熟了叫不及。”康熙王说：“你去吃饭，把三件东西给我寻着来。”

老汉回去后愁眉不展不吃饭，他的十三岁的孙女儿问：“爷爷，你为啥愁眉不展，有何大事?”老汉把事情说与孙女儿听。孙女儿说：“爷爷，你吃饭，那三件东西咱家有哩。”

孙女儿跑出去对康熙王说：“那三件东西我家有，第一，丈夫的肚量比天大；第二，孝顺老人情比海深；第三，弟兄分家比钢硬。”康熙一听蛮有道理，就回朝了。

回去后，皇后问康熙王：“您访贤访下奇怪的事情了吗？”康熙王把这事说了，皇后说：“这还了得，一个十三岁的女孩子有这么厉害，可想而知掌柜的就更厉害了。这人必能谋我江山，差人把他们袭杀了。”

康熙王说：“无故袭杀百姓是何道理。”他请文武大臣来商量，大臣上殿说：“袭杀必要先问罪，咱们给他一个梨儿，看他一家子能吃公平吗？”于是派了一个大臣拿去一个梨儿。

这家人把梨儿捣绵[④]，熬了一锅梨汤，每人一酒盅分着

喝了，大臣禀报后，就提审这家的掌柜的。结果来了一个十三岁的男孩，背跪大堂口喊："叩见万岁！"

康熙王问："为何不仰面？"男孩说："我乃无名无姓，不敢仰面。"康熙王说："恕你无罪。"男孩才仰过面来。康熙王问："我叫你家掌柜的，你为啥来了？"孩子说："我虽然十三岁，但我真的是掌柜的。"康熙王说："你家三百六十口子人，为啥娃娃当掌柜的？"孩子说："我家里的孩子上十五岁就娶媳妇哩，一娶上妇人就把掌柜的换了，所以每一任掌柜的都是娃娃。"

康熙问："为什么？"孩子说："娶上媳妇的人晚上睡下说吃的不公平，穿的也不公平，就有了私心了，所以必须换掉。"康熙王一听觉得蛮有道理。想起皇后要他派人袭杀百姓的事，很气愤，喊叫一声要斩皇后，文武大官跪下求情才使皇后免于一死。

阅读加油站

①本文选自《中国民间故事集成·甘肃卷》，中国ISBN中心，2001年，第96～97页。

②坐：住。

③洋气：漂亮、讲究。

④绵：碎、烂。

乾隆下江南[1]

乾隆年间，有个叫刘墉的，外号“刘罗锅子[2]”，是吏部天官。那时是九门提督和珅执掌大权。和珅是皇亲，依仗权势贪赃枉法。刘罗锅子专和他作对，他是一天有事无事奏三本，总有本章奏皇上。

和珅斗不过他，每天总想办法找刘罗锅子的毛病，也想不出个什么办法。这天他上天官府拜访刘罗锅子。刘罗锅子把他送到书房，两人来到书房都在茶几边的小垫子上落了座，对面喝着茶说着话。说话间就到晌午了，和珅心想：刘罗锅子光让我喝水，这也来到晌午了，他怎么也不张罗弄饭呢？

刘罗锅子一看和珅着急的样子，便站起来说：“啊，我得出去方便方便，你先坐坐。”说完出去了。

和珅坐着坐着，抬头一看，正在这个小茶桌的上边，吊着一个黄绫大口袋。和珅心想：这黄绫大口袋里边一定是珍贵的东西，趁他没在屋，我拿下来看看。他伸手便把大口袋取下来了，打开一看，是七个大糖枣，往嘴里一放真甜，味道还好。赶上肚子也饿了，顺嘴吃完一个又吃一个，一眨眼工夫把七个大甜枣全吃光了。吃完心想：这枣核儿往哪扔呢？没办法就揣衣服兜里了。正在这时候，刘罗锅子就进来了，两人又落座接着说话。和珅一看这顿午饭是吃不着了，就起来告辞走了。

第二天刘罗锅子上早朝，又头一个上朝奏本："启奏万岁，昨天九门提督和大爷到我府上去了。我以宾客相待，在我的书房里喝茶，等我出去方便的时候，他偷走了我七颗明珠。"

乾隆一听，心想：九门提督你也太不像话了，你咋到人家天官府偷明珠去了呢？叫人传上和珅问问他，和珅闭口无言，他没法说呀，说那是七颗糖枣让我吃了，你说那九门提督有多丢脸哪！只好认了："确实我是从大黄绫子口袋里拿了七颗明珠，以为它们是来路不明，也加上我贪宝之心，就把它们拿去了。"

拿了就得包赔人家的呵，这是无价之宝呵。经八大朝臣说合，赔钱吧。和珅心想：这刘罗锅子我是斗不过他，你说他怎么想出这么个法儿呢？我得想什么法治他呢？从这以后和珅是老想法要斗斗这个刘罗锅子。

这一天和珅穿上青衣小帽，打扮成个商人样，就在天官府周围来回溜达。看把门的不注意他就溜进去了。来到院内一看，头层院东西厢房都是十间，东厢房那儿箱子一个挨一个，垛起多高来；西厢房也是一个挨一个的箱子，上边还都贴了封条，上写"发往山东"。和珅心想：都说刘罗锅子是清官，你说他这些年贪污了多少赃银？这么多箱子都装满了，要发往山东。刘罗锅子是山东人，这准是往家乡运啊，我得看住他。

没过三天，这上百辆的大车装上箱子，发往山东。和珅回到府上，精点了家丁四十人都扮成绿林的模样，在京城往山东的中途，就把这些箱子给劫了。心想：拉到京城，抬上金殿，奏他一本，看刘罗锅子他还有什么说的？

把这些东西拉到和府，和珅也有心眼儿，先打开看看是什么，再作打算。打开一看，糟了！箱子里除了石头就是瓦块，箱子全翻遍了也没找到一两银子，这和珅可傻眼啦。

再说被劫的家丁们，回去向刘罗锅子一禀报，说："咱们的大车让人劫了！"刘罗锅子说："你看他们拉到哪去了？"刘罗锅子的家丁们说："我看那大车都往九门提督府去了。""好！"刘罗锅子吩咐人打轿上朝。

一上朝他就奏本："启奏万岁，我发往山东救灾的饷银五千万两，叫和珅劫去了。""能有这等事吗？""万岁爷，不信你降旨宣和珅，问问他有没有这个事。"

再说和珅发现砖头，心里正没辙呢，这就来了圣旨宣他。他来到金殿上，皇上问："你怎么把刘大人发往山东救灾的饷银给劫了呢？"和珅说："回万岁，哪有饷银呵，我劫了是不假，除了砖头就是瓦块，一锭银子也没有。"刘罗锅子说："那不对，我那确实是银子，每箱都有数，还都贴了封条，你怎么能说没有呢？那是到你府上给换了。我是去救灾的，我怎么能往箱里装砖头瓦块呢?”

皇上传旨察看箱上封条。去的人一看封条被启封了，全是石头瓦块，回来一禀报，皇上说：“不要说了，现已察明。和珅，救灾的银子你也要劫，真是大胆，看在皇亲的份上，免你死罪，如数赔偿吧。”

“谢万岁!”

和珅晚上回到家，饭也没吃，觉也睡不着。心想：你说那天，那七个糖枣让他说成七颗明珠，这回又用石头、瓦块充当救灾的饷银，你说他这招儿有多损啊。

和珅恨刘罗锅子，也十分怵他。这天和珅来到皇宫内院见到皇上说：“万岁，你看汉人就这一个刘罗锅子，咱们满人大八旗就斗不过他? 万岁爷，你也得想个法子给咱们撑撑腰哇，也不能让他这个人就把咱们全欺负住了。”和珅就把七个糖枣和七箱子石头之事，原原本本地说了一遍。

皇上说：“噢，原来如此。此人确实刁钻，每天只要一上朝，他总是头一个上殿奏本。这样吧，明天再上朝，我问问他，你今天奏东家，明天奏西家，奏来奏去将来还不得奏到我的头上啊。”他们合计好了就等明天上朝时斗刘罗锅子。

第二天五更一过圈早朝[③]，太监传旨：“有事早奏，无事散朝[④]呵。”刘罗锅子又出来启奏，说他有本章要奏。乾隆生气地说：“你别奏了。你是今天奏东家，明天奏西家，奏来奏去还不奏到我的头上呵。这样吧，你有本事向我来，你奏奏我，你看这个犯罪那个犯罪，看看孤家我有罪没罪?”刘罗锅子一听不是味儿呵，这不是个好兆头，忙说：“万岁爷，小人不敢奏您。”乾隆说：“不！今天就叫你奏奏孤家。”刘罗锅子无奈，只好说：“你要能允许我奏，我就奏。但你得赦我无罪，那我就奏奏。”“好，赦你无罪，你奏吧。”“谢万岁，那我就奏了。万岁爷你也有罪。”“我罪从何来呵？”“你罪最大，你是拆东陵补西陵，挖坟掘墓，这要是黎民百姓就得开刀问斩，但你是皇上，天下不能一日无主，不能斩你。”皇上接着说：“那你说，得怎么处置我呢？”刘罗锅子说：“怎么处置？你这个罪就得充军发配。”就这么，就给乾隆定下罪了，充军发配。皇上说：“那你把我发配到哪去呢？”“江南！”“发配到江南得有当差呀，这个当差得谁当？”刘罗锅子说：“我当。”“一个人也不行，还得找一个呵。”“九门提督和珅，我们两个人当差。”

就这么的，乾隆爷被发配去了江南。沿途是到州州接，

到府府迎，一路之上借着“发配”的名义游遍了江南。

这一天，游山玩水来到金山。到了峰顶，乾隆爷一看，能看出去千里之外。乾隆一高兴，诗兴大发。看金山上有青竹，拾起一片竹叶用手撣了一撣上面的灰尘，让刘罗锅子拿过文房四宝，把笔蘸好了，在竹叶上边写了一首诗。这就是江南诗，共八句，上写：“金山竹影几千秋，云锁高峰水自流。万里长江飘玉带，一轮明月滚金球。远望湖北三千里，近视江南十六州。江南美景观不尽，天缘有分再来游。”

这江南的景色也太好了。乾隆写完了，刘罗锅子拿过来一看，心想：坏了！万岁爷留恋江南不愿回朝了，这可怎么办？低头一想，有了主意，就把和珅找来了，说：“你下山去，山下有个皇庄，找一个美女让她在村头抱碾推磨碾粮，我和万岁爷这就下山。”

和珅只好听他的，下山去皇庄把这些事都安排好了。

刘罗锅子陪着万岁爷下山了。来到皇庄的庄头，看见一个女子抱碾碾粮。乾隆一看，这女子长得好漂亮呵！二十岁上下，抱着碾杆，“三寸金莲”小脚，身子苗条，个儿头不高不矮，粉白的面皮儿，通红的小嘴儿。乾隆便叫刘罗锅子拿过文房四宝来，顺手在一面院墙上题了一首诗：“登古道，过皇庄，遇见美女碾皇粮。碾杆怀中抱，金莲足下忙。轻轻扫，慢拨扬，几番停足理容妆，可叹美女配庄郎。”

刘罗锅子一看，中计了，他急忙跪倒口称万岁爷：“万岁爷，您又犯罪了。”“我又犯的什么罪呢？”“您呵，您是调戏民妻呵！”“我这调戏民妻又该怎么发落呢？”刘罗锅子说：“还得发配。”乾隆说：“那发配到哪儿呢？”“发配到北京！”乾隆一想：这江南我还没逛够呢，刘罗锅子又想这么个法儿把我发配到北京了。好吧。

三人又往回走，过了通州来到坝州桥。在坝州桥的中间，乾隆一合计：“这离北京不远了，刘罗锅子这罗锅子里头尽坏道儿，你说这江南没逛够又把我弄回京了，我得想法儿难为难为他。”他站到坝州桥上便说：“八方，八方，八八方。”说完让刘罗锅子对诗。刘罗锅子心想：这天下就八方，你万岁爷都说遍了，我可咋对呢？正愁着呢，就听在桥下边有人说了：“万岁，万岁，万万岁。”乾隆一听，这个人可了不得呵，这么高的才学，吩咐和珅下去看看何人在底下对诗。

和珅下去一看，是一个老头儿。这人光着脚，年纪有八旬[5]开外，在那钓鱼呢，是个老渔翁。和珅上前说：“这位老者，你请桥上来，我们‘掌柜的’找你说话。”老头儿上桥了，双膝跪倒口称“万岁爷！”乾隆一听好吃惊：“哎呀，他怎么知道我是皇上呢？”就说：“老叟，你这样称呼可不对啊，我不是万岁爷。”“哎，你不是万岁爷，方才你出的那首诗，你就是万岁爷，这你蒙不过我。”“好吧，就算我是当今万岁爷吧，那么你这么高的才学你怎么在坝州桥这钓鱼呢？”“老朽无能，只有每天以钓鱼为生。”皇上说：“那这么办，今天算你有运气，我把你带到北京，你愿意做官我让你做官，你愿意发财我发给你赏银。”老头儿说：“官我不能做，钱我也不要。”“那你打算要什么呢?”“我只求万岁爷，给我下道圣旨。因为我天下的徒子徒孙太多了，都没有饭吃。我是说书的，因为我们这一行是官欺民挟嘎子[6]搅，万岁爷你给我说一句话就行，让我这些徒子徒孙吃碗饭。”

乾隆说：“那好办。”吩咐刘罗锅子给他拿把扇子，便在上边写了一首诗：“州桥遇老叟，老叟桥下吼；给官官不做，给钱钱不收；赐给扇一把，游遍天下府和州。文官也得保，武官也得护；文官要不保，武官要不护，定加惩处。”

写完把扇子送给老头儿，从此说书的说完了或到段儿了，就用扇子去敛钱，不许用手去接钱，这扇子就是圣旨。

阅读加油站

①本文选自《中国民间故事集成·辽宁卷》，中国 ISBN 中心，1994 年，第 73～77 页。

②罗锅子：指驼背的人。

③圈早朝：上早朝。

④散朝：退朝。

⑤八旬：八十。

⑥嘎子：方言，此处指无赖以及调皮捣蛋的人。

将相传说故事

姜子牙出山[①]

姜子牙因为劝纣王停修鹿台遭了罪，逃出了朝歌[②]，隐居在西岐磻溪。他在这里结识了一个打柴的朋友，名叫武吉。

有一天，武吉到西岐城去卖柴，刚走到闹市，一头儿的柴捆滑脱了，扁担翘飞起来，不偏不斜，打在一个商人的头上。商人栽倒在地，头破血流，当即死去。

人命关天，打死人是要抵命[③]的。正好周文王从这儿路过，当场判武吉死刑。文王就地画个圆圈儿，叫武吉站在里面，永远不准出来，直到死去，这叫“画地为牢”。武吉他娘听说儿子被判了死刑，自己以后无依无靠不说，眼下咋忍心看着儿子死去呢？她就跑到磻溪，找姜子牙，鼻涕一把泪一把，把儿子误伤人命的事说了，求姜子牙生法儿[④]搭救儿子。

姜子牙知道文王执法很严，可他更可怜武吉的娘，就给武吉他娘出了个主意。武吉他娘回去拿把锨，来到圈武吉的圈儿外边，递给儿子，叫他往下挖三尺深，再向上斜掏一个洞，从洞里钻出圈儿来。武吉按娘说的办，从洞里钻出来回到家，再也不敢去西岐卖柴了。

文王听说武吉跑了，立即命人把武吉抓来审问：“武吉，你为何不遵守王法，胆敢越狱逃跑?”武吉说：“我不是越狱逃跑的。”文王又问：“那你是如何出来的?”武吉没法隐瞒，只好把姜子牙救他的经过讲了。文王听后，知道姜子牙是个了不起的人，不但不恼，反而当即派儿子姬发随同武吉，去请姜子牙，要姜子牙帮他治理国家。

武吉领着姬发来到磻溪，姜子牙正在钓鱼。他手拿钓竿，嘴里念着：“钓钓钓，钓钓钓，大鱼不到小鱼到，来个虾米瞎胡闹。”姬发讨了个没趣，回去禀告给文王。文王说：“他要我亲自去请他呀。备辇!”

文王来到磻溪，向姜子牙行罢礼，说明了来意。姜子牙说：“主公要想让我去帮你建立大业，必须答应我一个条件。”

文王说："只要你答应出山，别说一件，就是千件万件我也答应！"姜子牙笑笑说："主公要是真有诚意，请你扶我上辇，亲自拉我进宫。"文王听了，心里虽说不高兴，脸上却带着笑，答应照办。他扶姜子牙上了辇，亲自拉起纤绳。

文王哪出过这样的力气？没拉多远，就累得张嘴喘气，汗流浃背。拉着拉着，文王一屁股蹲在地上说："累死我啦！"姜子牙说："你再拉我一段路吧。"文王爬起来，又拼命拉了几步说："哎呀，我实在拉不动了。"姜子牙问："你拉我多少步哇？"文王喘着气说："谁记那呀！"姜子牙伸出大拇指和食指，翻了翻说："我记着呢。你一共拉我八百单八步，我保你周家江山八百单八年。"文王一听，忙站起来，又要去拉。姜子牙说："不行了，说破就不灵了。"

阅读加油站

①本文选自《中国民间故事集成·河南卷》，中国 ISBN 中心，2001 年，第 59～60 页。

②朝（zhāo）歌：殷都，在今河南淇县一带。

③抵命：偿命。

④生法儿：想办法。

孙膑传奇[1]

相传，孙膑和庞涓是同年同月同日同时生，又和庞涓同时上山拜鬼谷子为师。那鬼谷子可有学问啦，天文地理，无所不知；兵书战策，无一不晓。

庞涓学艺三年之后，便拜别了师父，回到魏国，被魏王拜为大司马，掌握魏国兵权。因他跟老师学会了用兵之道，一时魏国军威大振，国势日强。此时庞涓想吞并六国，独霸中原。他心中明白：孙膑学艺比自己强，治国之方，用武之道，都在自己之上，如果孙膑不除，为他国所用，俺就休想独霸中原，成就大事业！于是，便想出一条毒计：他写好一封书简，连夜派人送到山上，请孙膑速来魏国共成大业。

孙膑见庞涓在书简中言语真挚，一片手足之情，心想：现天下大乱，七国争雄，魏国虎踞中原，兵众物丰，国势强盛，正可谓英雄有用武之地！今庞涓请俺下山，共成大业，实乃天赐良机。决心已下，便来向师父辞行。

鬼谷子先是劝留一番，见孙膑去意已定，便叹口气说："徒儿，我再传授你一些阴阳之道和变幻之法，免得被小人暗算。"鬼谷子言传身教，孙膑一一牢记。

第二天，孙膑洒泪拜别师父，直奔魏国。庞涓见孙膑果然应邀而来，心中暗喜。心里想：孙膑呵孙膑，只要把你除掉，我将无敌于天下。但又一想，眼下还杀不得，原来他的雄才大略就高我百倍，现在又跟师父学艺数月，更是满腹经纶，我要先把他的兵法诓出来，然后再下手不迟。

孙膑来到魏国，庞涓假意热诚相待，并安排在自己家中居住，成天好酒好肉伺候，劝他先把兵书写出来，献给魏王，好得到魏王的重用。孙膑日夜写书，眼看大功告成。庞涓觉得时机已到，于是仿效孙膑的笔迹，写了私通齐国的书简，然后向魏王告发。

魏王一看，勃然大怒，也不容孙膑辩解，便将他绑了出去，要把孙膑斩首示众。

庞涓心里想：杀他，不如留他一条性命，我和孙膑同窗数载，向魏王说说情，别人还会说我庞涓是有情有义的人。于是，他连忙跪下说："大王息怒！孙膑虽然罪不容赦，望大王看末臣[②]的份上，饶他一命吧！"孙膑还是被处以膑刑[③]。

却说孙膑醒来之后，一看自己被关在一间破屋子里，外边有狱卒看着。这时他才明白，当初下山时，师父为什么再三劝阻自己。他后悔没听师父的话，把庞涓当成知己，以致招来今日之祸。常言说："于我不仁，于你不义。"

且说孙膑有个好友诸葛亥，也是魏国的大官，知道庞涓有意陷害孙膑，晚上偷偷买通狱卒，把孙膑救了出来，藏在自己家里。

孙膑对诸葛亥说："诸葛大人，我感谢你救命之恩。不过，据我所知，庞涓绝不会罢休，一定会想方设法搜拿我，我怕连累大人，只有如此这般，才能保你合家安全。"孙膑与诸葛亥耳语一番。诸葛亥大喜，每天好酒好菜招待孙膑。

再说庞涓见自己计谋成功，心想：孙膑受了膑刑，再不能带兵打仗了，我天下无敌手了。这天，他想拿过孙膑写的兵法书简看看，谁知翻开简册一看，不觉大吃一惊，原来上边一个字也没有了。庞涓暗暗叫苦：想不到孙膑还会变幻之术，厉害！必须立即除掉这个后患。

这时，突然狱卒来报："孙膑突然不见了。"庞涓又是一惊，连连吸了几口冷气，马上布置人马，四处搜查，终于查出孙膑藏在诸葛亥府中。但诸葛亥也是大臣，他不好贸然去搜。于是，庞涓暗地里派人监视，又花重金买通诸葛亥的一个家丁，叫他发现孙膑藏在何处，立即来报，如抓到孙膑，另有重赏！

隔了两天，诸葛亥的家丁偷偷来报："孙膑现藏在诸葛大人的正厅大柜内！"

庞涓亲自带领士兵直奔诸葛亥府中，指着正厅大柜说："来人呐，把大柜打开！"

"慢！"诸葛亥按孙膑事先嘱咐的话说，"老夫乃朝廷命官，自知法度，岂有窝藏犯人之理。庞将军真要开柜拿人，必须依俺一件事。”

“讲！”

“柜内若有孙膑，老夫自当伏法；若无孙膑，请将军还俺一柜银子，以表老夫清白。”

“好！就依你！”庞涓一声令下，众将官把柜子打开，里边空空。庞涓大惊，只好派人取来一柜银子。这便是：赚庞涓，孙膑一报诸葛亥。

庞涓没有找到孙膑，心中好生不乐。据各方报告，孙膑的确在诸葛亥府中。心里想：只要你敢藏他，俺就不愁抓不到他。到那时，俺定要把你碎尸万段以解今日之恨！

第二天，诸葛亥的家丁又来报信：“昨天我来报信的工夫，孙膑又换了地方，今天我亲眼看见他跳进客厅前的大花瓶内。我已让人监视，特来报告，望将军马上搜捕。”

兵法云：“兵贵神速！”庞涓只带几个亲兵，神不知，鬼不觉，来到诸葛亥府上，不等家丁通报，便冲进府内，把厅前大花瓶团团围住。

诸葛亥心中暗暗吃惊：我府中果然有奸细向他通风报信。诸葛亥还没开口，庞涓便大声说：“我要把这花瓶抬走，如果没有孙膑，再还你一瓶金子！如果搜出孙膑，我禀报魏王，小心你的脑袋！”说罢“噌”的一声拔出宝剑！对随从人员说：“把花瓶抬走！”

谁知众亲兵上来搬瓶子，那瓶子像钉在地上，怎么搬也搬不动。这时猛听花瓶里“哈哈”大笑，是孙膑的声音：“你们这些草包，白跟庞将军混饭吃，连个花瓶也搬不动，来吧，俺孙膑助你一臂之力。”

庞涓一听大喜，忙把瓶口堵住，心里想：这回你跑不了啦！回头对诸葛亥说：“诸葛大人，还有何话说，请你跟我走一趟吧！”

这时，众兵来搬瓶子，果然轻了，一直抬到庞府。周围布满刀斧手，庞涓令人把瓶口打开，向瓶内一看，又是空瓶一个，孙膑又没了。庞涓气得暴跳如雷。这时诸葛亥却不干了：“庞将军，我说你成天疑神疑鬼，你还不信，这次你还有什么话说？君子不食言，那金子……”

“给！”庞涓又赔了诸葛亥一花瓶金子。这便是：赚庞涓，孙膑二报诸葛亥。

诸葛亥回到府中，一看孙膑好端端地坐在客厅中，吃惊地问：“哎呀，先生真神人也！敢问先生脱身之计？”

“诸葛大人，此乃小计，何足挂齿。俺这样做，是借此赚点金钱，以报大人相救之恩。不过庞涓决不会就此罢休。为了府上的安全，我们必须如此这般，方可无事！”接着，孙膑在诸葛亥耳边嘀咕了半天。

诸葛亥根据孙膑的吩咐，在南院挖了一个洞，仿照孙膑的模样扎了个草人，放在洞内。草人身上刺了一把宝剑，又把孙膑的衣裳喷上狗血，放在洞内，传出话来，孙膑已被杀死。

再说庞涓见两次走了孙膑，知道孙膑跟老师学会变幻之术，不好对付。他想来想去，终于想出一条绝计来：“我何不多备猪血，涂在诸葛亥府的四围墙上，然后派兵放火，把孙膑和诸葛老贼一起烧死。纵然孙膑有上天入地的幻术，闻见猪血也将无用。如此，何愁孙膑不除。”于是，派人分头准备去了。

这天夜里，诸葛府中家丁又来报，说诸葛大人怕搜出孙膑，有满门抄斩之罪，已偷偷把孙膑杀死。庞涓这次有些不相信了，便训斥道：“如再谎报，这次饶不了你！”

“将军如不相信，可派人随我偷偷去相看，如有半点不实，我情愿伏法。”

庞涓派人去后，不多时回来禀报：“孙膑确实被杀，现在院内洞中，尚未掩埋！”庞涓深信孙膑已死无疑，也不再去烧诸葛府了。

孙膑在诸葛亥家中一住数月，伤已养好。一天，他对诸葛亥说：“感谢大人相救之恩！我伤已好，这就去齐国，成我大事。”

这天夜里，诸葛亥备好马一匹，亲送孙膑出城。二人洒泪相别，孙膑拍马飞奔齐国去了。

阅读加油站

①本文选自《中国民间故事集成·山东卷》，中国 ISBN 中心，2007 年，第 60～63 页。

②末臣：地位低贱之臣，古时多用作大臣的自谦之词。

③膑刑：断足或砍去犯人膝盖骨的刑罚。

徐福三次出海[1]

秦始皇派大臣徐福去找长生不老药。徐福心里明白，人活多大岁数也没有不死的，到哪儿找长生不老的药呀？他带着五艘大木船出海之后，就在海里东游西逛，过了两个多月，船上的粮食、菜和淡水用光了，就回来了。

秦始皇听说徐福出海回来了，急忙召见，问徐福可曾到

达仙岛，找没找到长生不老药。徐福就撒了个谎，说："船走到半道，碰上一条大鲛鱼，挡着船队不让过，我们怕把它惹恼了把船撞翻，耽误了找长生不老药的大事，就躲开它把船开回来了。奏请皇上拿主意。"秦始皇信以为真，就说："挑选五百名身强力壮的弓箭手，乘大船十艘，朕同你一块去斩杀大鲛鱼。"徐福听了心里一惊，可脸上没表现出来，说："杀了大鲛鱼，我们就能去仙岛了。"秦始皇就又下了一道旨，令兵部十天之内再打造大木船五艘。

过了十多天，徐福陪着秦始皇乘十艘大船又下海了，沿着海岸线向北航行。说也凑巧，走着走着，就看见远处的海中喷起一个大水柱儿，有好几丈高。徐福急忙报告秦始皇，说那个喷水的就是大鲛鱼。秦始皇一声令下，让弓箭手准备弓箭，让船靠近大鲛鱼。到了近前一看，只见一个庞然大物，在海中一浮一沉。秦始皇令弓箭手放箭，上千支箭射到大鲛鱼身上，没能把大鲛鱼射死，倒把大鲛鱼惹恼了，张开大嘴向船队冲来。眼看就要翻船，秦始皇出[②]了个主意，吩咐侍卫把十几把钢刀绑在一个兵卒身上，等大鲛鱼靠近船帮，张开大嘴的时候，喊了声："一二三！"就把这个兵卒扔进大鲛鱼的嘴里了。大鲛鱼口里有了东西，还以为是美物哩，"咔吱"一咬，十几把钢刀扎进嘴里了，疼得它呀在海里直折腾，搅得海水像开了锅，掀起的浪头把大船颠得东摇西晃，吓得秦始皇面如土色。闹腾了一阵子，大鲛鱼漂上水面死了。船一靠岸，秦始皇对徐福说："大鲛鱼已除，你还得出海去找仙岛。"

几天以后，徐福又带船队出海，这回船多，就往深海里走。走着走着，发现了一座荒岛，徐福带着船队绕着荒岛转了一圈，又回来了。为啥呢？荒岛上啥也没有，到处是树木荒草，上了岛，吃啥喝啥呀？再说，船上都是男人，住下后怎么传宗接代呀。这么着，他又回来了。

秦始皇听说徐福回来了，立刻召见，问长生不老药找到了没有。徐福说："仙岛找到了，仙药也看见了，但仙人不给。"秦始皇问为啥不给。徐福说："人家说我们的心不诚，送的宝物少。还说，这长生不老药是千年灵物，凡夫俗子不能给，得派经过斋浴的三千童男童女去取。一路上要过河搭桥，过山开路，还得能工巧匠相随。"秦始皇求药心切，也没有多想徐福说的对不对，就满口应承了。徐福得了圣旨，就

开始到各地挑珠宝和童男童女、能工巧匠。

带领三千童男童女和几百能工巧匠出海，这可不是小事。徐福把出海口选在饶安县的无棣沟，就在那里打造大船，集中从全国各地征来的童男童女和能工巧匠。那阵势大了，光船就要造一百多只，衣服兵器都要最好的，征来的人好多没下过海还得训练，童男童女要吃斋、沐浴、学习采仙药运仙药的礼仪，一准备就是几个月，把个饶安县折腾苦了。

启航的吉日选在三月二十八。时辰一到，礼炮齐鸣，金钟齐响。童男童女、能工巧匠们换成一色的礼装。秦始皇和百官大摆宴席，为徐福和求仙药队伍送行，还举行了隆重的祭祀仪式，船队就起锚，沿着大海汉子[③]无棣沟东进。

秦始皇目送徐福的船队不见踪影，这才回到行宫。他盼着徐福早日取回长生不老药，哪知徐福这一走不回来了。徐福带那么多人和金银珠宝，还偷偷备了五谷、药材等良种，说是去出海求仙药，实际是到海外安家另立王去了。

阅读加油站

①本文选自《中国民间故事集成·河北卷》，中国 ISBN 中心，2003 年，第 221～222 页。

②出：想。

③汉子：分支的小河。

西门豹投巫[1]

河北的邺镇，古时候是个县城，西门豹在那儿当过县令。他一上任，就到下边微服私访。这天，西门豹来到漳河[2]南岸的码头集镇永乐埔[3]，见田地荒着没人种，镇上不少人家的门窗都用土坯垒了起来，就觉着稀罕[4]。

他在镇子里走了一遭，出来碰见个放羊的老汉，就凑过去问："老大伯，这里的地荒着不种，不少人家封门闭户，这是咋回事?"老汉看他不是本地人，四下也没人，就讲了河神娶妻的事。

原来这地方每年要从镇上选个姑娘，六月二十四日这天，叫她坐上纸扎的彩船，推到河心，三漂两漂，就沉了下去，算是嫁给了河神。说是不这么办，河神就要发大水，淹这一方百姓。年年替河神操办娶妻这事的，是镇上的巫婆和行业的神头社首。巫婆共有三个，百姓叫她们大神头、二神头、三神头。每年收罢麦，神头社首们就向百姓派粮派款，准备为河神娶妻；再后就到有姑娘的户家，给河神挑选妻子。谁家给他们攮[5]了银子，他们就说那家的姑娘长得不俊，或是有这样那样毛病，就“满选”了。选来选去，年年选中的都是穷家女子。人再穷，也不愿把亲生骨肉往河里扔啊！就为这，有姑娘怕选中的人家，都封门闭户，逃外乡去了。

西门豹又问：“老大伯，今年河神还娶妻吗?”“娶。”老汉低下头，眼里噙着泪说：“现在不是六月中旬嘛，钱也收了，人也选了。苦命的姑娘独个锁在一间小屋里，要斋戒七天，单等二十四日一到……”老汉说到这里哭起来，再也说不下去了。西门豹听着老汉的话，眉头拧成一疙瘩，他拍着老汉的肩膀说：“老大伯，这个日子我记下了。到那天，我还要来，看他们今年给河神选这姑娘俊不俊。”说罢，叫老汉多保重，就走了。

到了六月二十四日这天，永乐埔四面八方的人像赶大会，都来看河神娶妻。一个纸扎的彩船，在漳河岸边放着，等午时一到，就敲锣打鼓，把选的姑娘送进水里。

约莫[6]离午时还有吃顿饭的光景，忽听有人喊：“西门大

夫来给河神贺喜！”

这可把那些神头社首们乐坏了。他们知道百姓吃够了这个苦，心里恼恨，只是不敢说出来。西门大夫一来就妥了[7]，当官的还贺喜，哪个再敢说三道四！这就一个个跑上去，齐刷刷一拉溜儿跪下，磕头迎接。

西门豹坐在凉棚底下，喝着茶，对神头社首们说：“今天大喜，河神娶妻，我特来贺喜呀！可不知你们挑选的姑娘长得咋样，叫过来瞧瞧吧！”神头社首们乐呀，忙把选的姑娘领了过来。西门豹一看，直摇头，说：“这姑娘长得不俊嘛，只怕河神看不上吧！我给选了一个，俊得很，换换送去行不行呢？”神头社首们连声说好。西门豹又说：“看来咱们这话好说，不知河神愿意不愿意，谁去跟河神商量商量呢？”

一说叫跟河神商量，神头社首们都睖睁[8]了，谁也不吭声。西门豹看没人接腔儿，就喊：“大神头，委屈你走一趟吧！”大神头猛一愣，不知道咋跟河神商量。两名武士上去扯胳膊掂腿，“扑通”将大神头撂进了河里。

停了一会儿，西门豹说：“咋不见大神头回来呀？这河神的话还怪难说哩。二神头，麻烦你去催一催！”两名武士又架起二神头，撂进河里。

又停了一会儿，西门豹说：“大神头、二神头一去不回，是不是河神怪罪，把他们扣下啦？三神头！你……”三神头没等西门豹说完，知道轮着她了，“咚”一声双膝跪地：“我的大老爷呀，你就饶了我这条命吧！那都是假的呀！”说着她就把借河神娶妻骗财、坑人害命的罪恶全交代了。

社首们一看露了蹄爪⑨，一个个趴在地上磕响头，求西门老爷饶命。这时，放羊的老汉，拉着被选中的那个姑娘，也来给西门豹磕头，谢他的救命大恩。原来这姑娘是老汉的孙女。

西门豹破了河神娶妻的恶俗，又没收了神头社首们骗的钱财，用它修了十二道水渠，引漳河水浇地。逃往外乡的百姓又都搬了回来，过上了太平日子。

阅读加油站

①本文选自《中国民间故事集成·河南卷》，中国 ISBN 中心，2001 年，第 60～61 页。

②漳河：发源于山西省，流经河北省南部，部分河段为河北、河南两省交界线。

③永乐埔：今安阳县丰乐镇。

④稀罕：奇怪。

⑤攮：塞。

⑥约莫：大约。

⑦妥了：好了。

⑧睖睁：发呆地直视。也作愣怔。

⑨蹄爪：原形。

桃园三结义[1]

刘备、关羽和张飞要在桃园结拜为异姓兄弟。传说他们先是按年龄大小排的。开始三个人心里都想当老大，又不好意思明争，你报多大，他也随着报多大，结果三人报的出生年月日都一样。刘备说：“这真是太巧了，同年同月同日生，可总不会是同时辰吧？”

关羽说：“对，咱们就按生辰的早晚论大小好了！”

张飞一听这话，心想，嗯，我得抢先报个最早的时辰，

叫他俩没法比我再早，这大哥就是我的了。就说："俺老张是天刚刚亮的时候生。"

关羽接着说："俺关某是公鸡刚叫的时候生。"

刘备不紧不慢地说："我嘛，我是鼓打三更，刚过半夜的时候生。"

张飞听他俩说罢，两眼一瞪，说；"怎么，你们把后半夜都算上了！"

刘备说："半夜子时是一天的开始。"

张飞说："你俩报的生辰我不相信。"

刘备说："那你说怎么办？"

张飞说："依我说，咱们排行应该按本领，谁的本领大，谁就是大哥。"

刘备笑了笑说："那咱们就比比看。谁能把鸡毛扔到房上去，谁就是大哥。"

张飞找来一只死鸡，拔了根鸡毛就往上扔，连扔几次都没扔上去。

关羽也拿起一根鸡毛，憋足了劲儿用力往上扔，照样扔不上去。

轮到刘备了，他提起那只死鸡轻轻一扔，就扔到房顶上去了。

张飞一看急了眼："你扔鸡，那不算！"

刘备说："可我把鸡毛扔上去了，你能说鸡毛没上房吗？"

张飞只好认输。但他仍不服气，又提出比上树。

刘备说："可以，老关你看怎么样呀？"关羽说："那就比上树吧！”

三人来到园中一棵大树下，张飞和关羽都争着往上爬，刘备坐在树根下不动弹。

张飞“噌噌噌”三下两下就蹿到树尖上去了。他在树顶往下一看，关羽只上了半截，刘备还在树下，就高兴地大叫：“哈哈，这回大哥该是我的了，关羽老二……”

没等他说完，刘备开口说：“你呀，还得当老三。”

张飞火了：“你不讲理，我先上到顶了，为什么不让我当大哥？”

刘备不紧不慢地说：“我问你，树是先长根还是先长尖儿？”

张飞说：“当然先长根。”

刘备说：“这不结了，先长根，自然根为大，后长尖，自然就是尖为幼。你跑到尖上去了，还不是小弟吗？”

这下，张飞傻眼了，有心不认账，觉得办事儿只能再一再二不能再三，失去了信用，不能算男子汉大丈夫，只好认输。关羽也觉得自己的智谋实在不如刘备，应该尊他为兄。

就这样，刘备当了大哥，关羽排为老二，张飞落了个三弟。三人焚香盟誓，结拜为异姓兄弟。

阅读加油站

①本文选自《中国民间故事集成·河北卷》，中国ISBN中心，2003年，第66～67页。

诸葛亮娶媳妇[1]

当年，诸葛亮在襄阳隆中隐居，成天用功读书，不大出门，一晃几年过去，已经是二十挂零[2]的人，还没找到一个称心如意的媳妇。

离隆中三十里远的汉水边上有个名士，叫黄承彦，跟诸葛亮相交很好。她有个独生女儿叫黄婉贞，也是一二十岁了，还没说婆家。黄承彦有心把女儿说给诸葛亮，就托朋友崔州平去提亲，可是诸葛亮听旁人讲，黄家小姐丑得很，黄头发黑脸皮，还有几颗大麻子，就把这事支支吾吾地拖了下来。

黄承彦心里清楚诸葛亮为啥没应下这门亲事。这天，他找来崔州平，对他说："你去把诸葛亮请来，就说我家刚收到一幅名贵古画。"

崔州平上隆中山请了诸葛亮，二人一前一后来到黄家门口。刚要进去，从里头蹿出一只大狗，直朝诸葛亮身上扑，吓得诸葛亮差点坐个屁股蹲[3]。还没等他醒过神，一只老虎又从后门蹦出，诸葛亮转身就要跑，被崔州平拉住。回头一看，老虎没有来咬他们，只把那只狗撵回门旮旯里去了。诸葛亮小心翼翼进去一看，狗和老虎都是木头做的。这时，黄承彦出来，把诸葛亮让进了堂屋。

诸葛亮坐定，问黄承彦古画在哪儿。黄承彦说："莫慌，莫慌，喝口茶再看也不晚。"说着，伸手把桌子角一按，嚓、嚓、嚓，从门旮旯[4]走出两个端茶人，把茶递给诸葛亮和崔州平，诸葛亮正要道谢，抬头一望，端茶人也是木头做的。他惊奇地对黄承彦说："黄先生能做出如此巧妙的机关，学生实在敬佩。"黄承彦把头摇得像货郎鼓，哈哈大笑说："我哪有这闲心思哟，都是我那丑女捣鼓出来的小玩意儿。"

诸葛亮一听这巧板眼都是黄小姐做的，心里嘀咕开了："这女子不一般，要是娶她为妻真是打着灯笼也难找。咋能嫌人家长得不好呢！"诸葛亮想到这里，起身对黄承彦说："黄小姐如此才华，晚生实在敬佩。"黄承彦说："只是人长得丑，说个婆家都犯难啦。"诸葛亮明白黄承彦的话音儿，脸一下红到脖子根，赶紧施个大礼说："小婿有眼无珠，望岳父大

人见谅。”

不久，黄承彦择了吉日，为诸葛亮和黄婉贞办了婚事。二人拜过天地，进了洞房，诸葛亮伸手揭掉新娘头上的盖头，只见一个如花似玉的女子坐在自己面前。水灵灵的眼儿，红扑扑的脸儿，小啾啾的嘴巴，美极了。诸葛亮当自己眼花了，人们说的丑八怪咋一下变得恁漂亮呢？黄婉贞望着诸葛亮的憨样，扑哧笑了，羞答答地向他挑明了真相。

原来，黄婉贞从小熟读经史，习练百技，是个知书明理的大家闺秀。成人后不愿嫁那些光求容貌的花花公子，发誓要找一个轻貌重才的能人。放出风说自己长得丑，推脱了一大堆公子哥。只有诸葛亮看重她的本事，重才而不重貌，终于和她结为夫妻。婚后，小两口亲亲热热，恩恩爱爱。诸葛亮还从黄婉贞那儿学会不少本事，据说以后他用的木牛流马之计，就是从妻子那儿学的哩！

阅读加油站

①本文选自《中国民间故事集成·湖北卷》，中国 ISBN 中心，1999 年，第 76～77 页。

②挂零：整数外还有少量零数。

③屁股蹲：北方方言，指身体失去平衡但未倒下而屁股着地的姿势。

④门旮（gā）旯（lá）：门角落。

大相嘎东赞[1]

松赞干布继位后，想找一个聪明过人、智慧超群的人做大相[2]，协助他治理好吐蕃王朝。于是他独自翻山越岭，走遍了雪域的山山水水，却没有遇到一个理想的大相。

有一天，他在山上遇到一个八九岁的小男孩。松赞干布看看天色已晚，就问这男孩："你家有多少羊？房子宽敞不宽敞？"男孩说："我家有三松四紧的房子，有山羊转百柱，外有羊粪千转。"赞普[3]便跟着小男孩去他家借宿。他们到了小男孩的家，不见有人在家，赞普便问："你阿爸阿妈干什么去了？"男孩答道："我阿爸买眼睛去了，阿妈买话去了。"

傍晚，男孩的父母回来了，他们端茶送酒热情款待了这位不知名的客人。这时，赞普奇怪地问男孩："你刚才说，你父母买眼睛和话去了，他们怎么没买？""哎，你这人真不懂，我阿爸买回酥油点上灯，使我们大家都能在夜晚看得见，这不是眼睛吗？我阿妈买回青稞酒，喝醉了，话就多，这不就是买话吗！"赞普满意地点点头，接着又问："哎，你不是说你家有山羊转百柱，外有羊粪千转吗，怎么不见你家有这么多的山羊和羊粪呢？"男孩回答道："你看，拴在柱子上的那只山羊，一天转柱子不下一百次，它转柱时拉下粪几千粒，这不就是山羊转百柱，外有羊粪千转吗?”“那么你说的那三松四紧的房子呢?”“我家这间房子，平时我和阿爸阿妈住是松松的，今天再加上你就显得紧一些，这不就是三松四紧吗?”赞普无言再问，心中大喜。

当晚，赞普给男孩铺了一个卡垫，准备等他睡着后，把他抱在卡垫里背走，却被那聪明的孩子识破，说：“你不用偷我，只要我对你有用，我就可以跟你去。”第二天，赞普领着小男孩，踏着厚厚的积雪往回走。他们看到一大一小的脚印，赞普说：“这里刚走过两个人。”“是的，那是个继父子的脚印。”赞普吃惊地问他：“你刚才从脚印上怎么知道他们是继父子?”“这很简单，这么大的孩子，要是他的亲父亲，一定会背他走而决不会让孩子自己走。”他们又发现了一个人的脚印，男孩说是一个临产孕妇的脚印。他们果然碰到一个大肚子女人。赞普问：“你怎么知道的?”男孩说：“她的藏袍后边拖到雪地上了，这是因为她肚子大，走起来身子向后仰的缘故。”不一会儿，他们看到一头牛的蹄印，男孩说：“这是一头独眼牛的蹄印。”他们往前走，果然遇到一头独眼牛。赞普又惊奇地问：“你怎么知道它是独眼?”男孩说：“这很显然，它只吃了一边的草，留下了另一边的草。这说明它的另一只眼看不见，不然这么大雪天里怎会留下一边的草不吃呢?”赞普非常钦佩他的聪明，就任他为大相，取名嘎东赞[④]。

过了几年之后有一天，松赞干布说：“目前大食诸国、巴达霍尔国等三四个国家都在争加萨贡觉[⑤]，我们也理应前去相争。”嘎东赞说：“如此说来，除非让我前往长安!”到达长安城，嘎东赞进宫朝拜了唐太宗，太宗下旨：“大食国王坐虎皮垫上，巴达霍尔国王坐豹皮垫上，象雄国王坐熊皮垫上，吐蕃国王坐白山羊皮垫上。”⑥

嘎东赞心想：我坐的虽是山羊皮，但它是吉祥的颜色，所以二话没说就坐上去了。这时，嘎东赞看到在各国使臣面前摆放的是金银玉桌，而在他面前摆的是木桌。倒茶时，嘎东赞便不肯拿出茶碗，他说：“我这样贵重的宝碗怎能放在木桌上，你们不给我换桌我不放碗。”唐太宗只好令人换上金桌，他才肯放碗喝茶。茶饭已毕，太宗说道：“大唐公主美貌出众，现已有四国相争，我不好许给哪一国，只有你们比赛娶妻。明日你们到我的马场和鸡场，把一百匹马驹的母马和一百窝鸡蛋的下蛋母鸡一个个找出来。”

第二天，各国大臣看了半天也没有找出来。而聪明的嘎东赞将所有的母马和母鸡全赶到高山上，傍晚才让它们回家；这时母马个个找自己的小马喂奶，母鸡个个卧到自个儿的窝里孵蛋。就这样，他顺利地找到了母马和下蛋的母鸡。

尽管这样，太宗仍不肯把公主许配给松赞干布。他又说：“明天看你们谁能将公主的神魂玉串上线，公主就许给谁。”原来这玉眼有九道弯。大食王、巴达王、象雄王想尽了一切办法，都没能串上线。嘎东赞捉来一只蚂蚁，将一根马尾拴在它的腰上，然后把蚂蚁放进玉眼里，在后边使劲吹气，结果蚂蚁带着马尾从玉的那边钻了出来。这时太宗仍然不想将公主嫁给吐蕃王，又说：“三天里，我要看你们谁吐出的东西最好，公主就许给谁。”各国国王为了吐出的东西多又好，整天不停地吃肉、米、人参果等上好食物。而嘎东赞呢？反而不吃任何东西，等第三天早上临进宫前，把一碗酥油喝下，接着吞下两颗红珊瑚珠和一颗绿松石珠子。各国使臣在皇宫里吐了起来，丫鬟们手拿金银珠玉盒来接。各国使臣吐出的不过都是些肮脏的东西，唯有噶东赞吐出的却是酥油汁和三颗宝珠。唐太宗还是不肯嫁公主，便说："明日你们都把各自的马牵来，比比谁的马和马具最好。"在众多的马匹中，骏马模颇果嘎出类拔萃，哪国君臣的鞍具都比不上噶东赞的五宝鞍具。然而唐太宗就是不肯痛痛快快把加萨贡觉许给吐蕃王，又想了一个点子："明天在东宫里排五百女子，南宫里排五百女子，北宫里排五百女子，寿神宫里排二十五名女子，百渡宫中排二十五名女子，公主就在那些女子中，你们自己去认领吧。"

噶东赞的房东阿斯曲珍的女儿饶典曲措是公主的贴身丫鬟，噶东赞便问她公主有哪些与别的女子不同的特点。饶典曲措告诉他说："南宫有五百女子，公主不在其中；东宫有五百女子，公主不在其中；北宫有五百女子，公主不在其中；帕拉康有二十五女子，公主也不在其中；珠玛拉康有二十五女子，公主就在其中。公主穿着蓝色缎，与饶典曲措有点像，

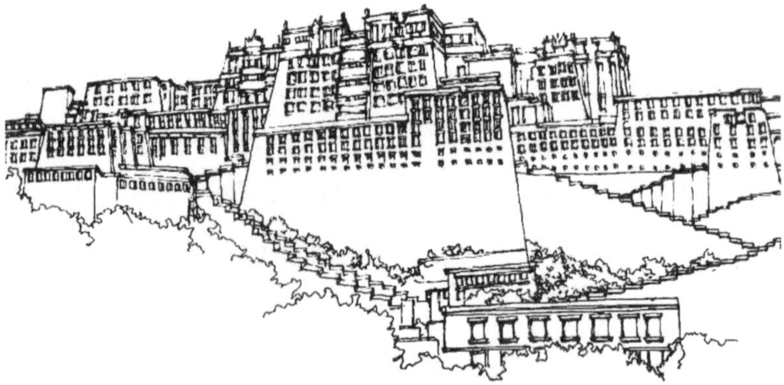

若细细察看有区别，这区别就是金蜜蜂；若是一个智慧的人，一定能够认出她。”

第二天，其他各国王臣在宫中各选走了一些宫娥或铁匠的女儿，唯有嘎东赞选中了加萨贡觉。唐太宗为嘎东赞的聪明和才智感到吃惊，于是想送公主进藏而将他留下来，做唐朝宰相，然而嘎东赞不愿意。他骑上骏马模颇果嘎跑了，唐太宗派众多的人马追也没追上，就这样，大相嘎东赞终于为藏王松赞干布迎回了文成公主，成为世代相传的佳话。

阅读加油站

①本文选自《中国民间故事集成·西藏卷》，中国 ISBN 中心，2001 年，第 31～33 页。

②大相：官职，级别大致与丞相不相上下。

③赞普：吐蕃君长的称号，本文指松赞干布。

④嘎东赞：藏王松赞干布时期的大相，全名嘎尔·东赞域松，汉之典籍中称禄东赞，辅佐藏王松赞干布有功，并亲率使团到长安为藏王请婚，迎回当时西域诸国十分仰慕的文成公主为藏王王妃。西藏民间关于他有很多传说。

⑤加萨贡觉：加萨，即汉妃；贡觉，即公主。这是当时藏人对文成公主的称呼。

⑥大食即古代伊朗国；巴达霍尔即古代裕固族；象雄即古代阿里地区。这里泛指唐朝西部诸邻国和藩属诸首领的使者。

狄仁杰的传说[1]

湖口县石钟山下有座“白云亭”，是为纪念狄仁杰修建的，这狄仁杰是唐代武则天时期的名臣，为官清正廉明，敢于直言。因此，他遭到朝廷权贵的妒恨、诬陷，被打入死牢。后来，在一些忠臣极力营救下，狄仁杰被免于死刑，被贬到江西彭泽县，做了一个小小的县令。

那时，彭泽是个非常穷苦、荒僻的小县，县治[2]在如今的湖口县境内。狄仁杰风尘仆仆地来到彭泽县衙门，当地乡村父老、官吏衙役、地方名士久闻狄仁杰的大名，都前来迎接。

狄仁杰到任不到半载[3]，就快过年了，屋外下着大雪，有钱的人家都在开始办年货。俗话说：“有钱冇[4]钱，回家过年。”就是远在千里之外的人，也要回家和父母妻儿团聚。狄仁杰想起了关在县牢里的三百名死囚，那些死囚都是前任县令抓来的。他曾仔细翻阅了所有死囚案卷，见他们绝大多数都是穷苦的百姓，因官府横征田赋，加上去年天旱无收，被逼得走投无路，抢了些富户的粮食充饥，官府便说他们造反，捉拿在狱，判为死罪。

第二天一早，狄仁杰叫衙役把三百名死囚都带到公堂上来。狄仁杰对跪在堂下的死囚们说："今天是大年三十了，你们想家吗?"三百名死囚一齐回答："大人，哪个不想家!"狄仁杰沉思了一下，说："我打算放你们回家过年，限五天之内回来，不得有误，你们做得到吗?"三百名死囚不相信自己的耳朵，都以为是自己听错了，都没回答。过了好一会儿，一个胆大的死囚才抬起头问："大人此话当真?"狄仁杰铁着脸说："本官从无戏言。"立时，三百名死囚你望望我，我望望你，又望望堂上一脸正气的狄仁杰，一个个喜得泪流满面，不知说什么好。就这样，三百名死囚被开枷除镣，一个个回家过年去了。

狄仁杰这一举动，可惊坏了全县的官吏，县尉惶恐不安地对狄仁杰说："大人，这三百死囚肯定不会回来了，谁见过出笼的鸟儿飞回来过？此事如何向朝廷交代?"狄仁杰回答说："县尉大人，此事由我担当责任，你放心好了。"话虽这么说，其实狄仁杰心里也有点不踏实：自己一时出于怜悯之心，放了三百名死囚，五天之内他们真能如数回来吗？又一想："大不了革掉我这顶乌纱帽，削职为民。"狄仁杰这么一盘算，反而心安理得地睡觉去了。

五天过后，狄仁杰天亮起了床，走到县衙升堂一看，只

见堂下齐刷刷地跪满了人，仔细一瞧，全是回来的死囚。主簿先生一点数，三百名死囚只差两名未到，狄仁杰的心往下一落，顿时舒了一口长气，叫衙役将死囚收监。县尉一看少了死囚，就对狄仁杰叫苦说：“大人，还缺两名如何是好？”狄仁杰回答说：“我自会向朝廷认罪。”话音未落，只见衙门外跑进来两个人，“扑通”一声，双双跪下，连连磕头，口里不住地说：“死囚违了大人的约，迟到一个时辰，罪该万死！”狄仁杰虎着脸，一拍惊堂木，大声喝道：“胆大死囚，本官念你们思亲苦切，在年关放你们与家人团聚，不想你二人违约一个时辰，是何道理？”说完看了一眼县尉，那县尉尴尬地低下了头。一个名叫王木敬的含着泪水说：“大人，并非死囚违约，只因回家后，八旬老母因高兴过度而死，临死时还叨念着大人的恩德。死囚料理丧事，故而迟了一个时辰，还望大人开恩息怒。”狄仁杰听了王木敬这么一说，念其有孝母之心，怒气消了七分。另一个叫李水保的懊丧地接着说：“大人开恩，死囚本应按时赶到监牢，不想行到劳家渡口，风大浪高，船主不敢开船，故而迟到了一个时辰。”狄仁杰听李水保这么一说，怒气又消了三分，当即叫他二人归监去了。

狄仁杰转入后堂，面带喜色，妻子问他今天为何这般高兴。狄仁杰说：“夫人，我真没想到今天三百名死囚全都回来了，三百个放走的死囚能在我约定的时间赶回监牢等死，这的确不容易做到啊！”他妻子也高兴地笑着说：“恐怕是你的德行感动了他们吧！”狄仁杰摇摇头说：“哪里，哪里。唉！这些死囚原本都是善良的百姓，为了活命才触犯了唐律，如果把他们都杀了，他们的父母妻儿靠谁供养？不如把他们都放回去，从今好好种田耕地，赡养父母，抚育儿女，还能为朝廷交租服役，岂不是一举两得的好事？”妻子见他说得有理，很赞成他的想法。于是狄仁杰叫人拿过文房四宝，挥笔向武则天皇帝写了两道奏章：一道奏章说明彭泽县连年大旱，百姓颗粒无收，要求免除一年田赋；另一道奏章把三百名死囚案情如实陈述，并将过年放囚的事情前后叙述了一番，说明完全是自己的主意，与他人无关，还请求皇上将三百名死囚赦免死罪，放他们回去生产，将来好为朝廷出力。

武则天看到狄仁杰的两本奏章后，认为有理，便下令免了彭泽县一年田赋，将三百名死囚的死罪也赦免了。消息传到彭泽县，万民欢腾，齐声赞颂狄仁杰的恩德。那三百名死囚更是感恩不尽，泪流满面地拜别狄仁杰，回家去了。狄仁杰在彭泽县任职的德政不断传到朝廷，武则天又把狄仁杰调回长安，委以重任。狄仁杰临行之前，那三百名死囚和彭泽县的百姓一直将他送至鄱阳湖口石钟山下，众人望着他远去的官船，依依不舍，直到看不见帆影，才离开湖边。

狄仁杰走后，三百名死囚为了铭记他的恩德，便各自带着全家老小，在石钟山脚下修建了一座亭子。亭子落成后，他们请来一位秀才，叫他为亭子取个名。那秀才思索了一下，说："狄县令爱民如子，不愧是个父母官。"这时，秀才抬头望见天边一朵白云，顿时思念起他的父母，就对左右的人说："我的双亲就在白云下面居住。如今狄大人走了，我们也应把他当父母一样思念，此亭就取名叫'白云亭'吧。"众人一听，齐声叫好。

阅读加油站

①本文选自《中国民间故事集成·江西卷》，中国 ISBN 中心，2002 年，第 52～54 页。

②县治：旧时指县政府所在地。

③半载：半年。

④冇：没。

长嫂如母[1]

合肥这块子，敬重嫂嫂比敬重姐姐还讲究。说句怠慢姐姐的话，还可以原谅；要是说了句怠慢嫂子的话，那可是捅了马蜂窝，不能善罢甘休的。人们常说“长嫂如母”，老到白胡子的翁，小到穿开裆裤的伢[2]，都晓得这是因为清官包拯的缘故。

这年，包拯巡视到赤桑镇。嗬，在赤桑镇遇到了一件“咬手[3]”的事。一位白发苍苍的老大娘，哭奔衙门，状告包拯的侄儿包勉打死她的儿子，摔死她的孙子，强奸她的儿媳妇，致死人命三条。包拯准了状，发签拿人。一连数天，缉拿不到凶犯。包拯为这事急得头皮抓破了，吃不香，睡不安，显得更黑更瘦了。

这天，包拯坐衙，仍旧拿不到凶犯。散衙后，他满脸愁云，满腹愁闷地回到家。他娘子——董氏却手拿一只拨浪鼓迎上来，一本正经地说：“相公，这玩意是晒霉时翻出来的，年深日久也毁坏了，要这玩意儿当啥？放着还占地场。我看，不如扔了吧！”包拯从夫人手里接过拨浪鼓，郑重地说：“这，这哪行!”说罢，端详着拨浪鼓，凝神不语。包拯为啥这么珍爱这儿童的玩具呢？这里有个缘故。

原来，包拯是包家的老罕[4]儿子。母亲生他时已上了年纪，年老体衰，加上产后受了风寒，一病不起，在包拯未满月时就老了[5]。嫂子可怜这个未满月就失去母亲的小叔子，就把包拯抱到自己房里，放在比他月份大的儿子包勉的摇篮里，一头一个抚养，嫂嫂心地善良，为人朴实，喂奶尽量先让小叔子吃好，剩多剩少才是自己儿子的。一人奶，两人吃，自然不够，常言说“奶不够，粥来凑”。包勉可是吃粥长大的。在包拯两岁时，哥哥从集上买了一只拨浪鼓回来，就拿给包勉玩。小孩家爱稀罕，包拯一看到就要，包勉不给，包拯就哭着要。嫂子看这情况，先是责备丈夫不该只买一只，分配不均；继而又说，既然买了一只，就应该先给小叔子。

哥哥叫嫂子说得面红耳赤，蹲在一旁，一言不发。嫂嫂就从包勉手里夺下拨浪鼓给包拯。包拯止住了哭，自己的儿子却哭个不住。一看，才知道刚才用力过猛，拨浪鼓的篾把子把包勉的小手拉破了，血糊淋拉[6]。爷爷心疼大头孙子，又要从儿子手里拿过拨浪鼓，让嫂嫂拦住了：“爹，没娘的阿叔可怜。包勉哭两声有啥呢？老辈常说：‘葫芦是吊大的，小孩是哭大的。’”

嫂嫂一席话，感动得公公说不出话来，也就没有再从包拯手里拿回拨浪鼓。嫂嫂转身就从书案的香炉里，抓了一把香灰，捻在包勉的伤口上，止住血。直到包拯十多岁，他父亲临死时，把拨浪鼓交给他，把这件事说了三遍，让包拯记住，他才放心地闭上眼睛。之后，包拯就记住了父亲的遗言，一直把拨浪鼓带在身边。

董氏看着包拯拿着拨浪鼓这样动感情，又进一步地说："相公，这玩艺又破又旧，不金不银的，实在没有留头。""呸！"包拯一听，动气了，说："娘子，你马不知脸长，怎么就忘了？从你过门那天起，我就不止一次给你讲了嫂子那颗无私的心，和她金子般的话语。这只拨浪鼓是嫂嫂亲手给我的，它比金比银还贵重咧！"

董氏并不是忘了这件事，而是有意要引起包拯回忆这事的。原来，包勉晓得外面告了他，包拯准了状。老叔的铁面无私，他是知道的，也很害怕，就躲到老婶身旁，祈求老婶给他讲情。董氏知道包家这段"公案"，自然就答应了。可是，她熟悉包拯秉性刚直，怕包拯一时不会容情，就想着点子来打动包拯。

这咱，她觉得有门了，就说："好吧！这只拨浪鼓我来收藏。相公——"包拯一听，急躁了，说："夫人，你今天怎搞的？有话，你就干脆点说吧！"

"相公，嫂子就只有包勉这么个骨肉，念嫂子抚养之恩，赦了包勉吧！让他改邪归正，服侍嫂嫂晚年吧！”“啊！”包拯一惊，明白了原委，董氏拿出拨浪鼓原是为了给包勉讲情的！包勉缉拿不到，是“家鬼害家人”。这怎么能行呢？岂能因为包庇自己的骨肉，坏了国法呢？本来，包拯想发怒，但又一想，这样会让事情更麻烦。于是，他来个“老鸭浮水——表面不动”，说：“这……这事，往后再说吧。”董氏以为包拯动情了，为包勉担忧而绷紧的心弦，也松了点。

当天下午，包拯带着董氏夫人登衙升堂。让王朝、马汉把白发大娘请上堂。包拯说：“老人家，你叫什么名字，有什么冤屈，说出来，我与你做主。”白发大娘忍住悲痛，说：“我叫肖刘氏，赤桑镇人。包勉为强奸我儿媳妇，杀害了我一家三口，请大人为我做主伸冤。”

包拯听了，故意说：“肖刘氏，你可看清了？可是坏人冒充包勉的？”“大人啊！贼子行凶时，我在场。我亲耳听他说：‘我是包大人的侄儿，状子是告不通的。’他杀死我儿子时，我看到他左手心中有条又粗又大的疤痕。连我那哭着要娘的两岁小孙孙，他也不放过，伸手夺去小孙孙手中的拨浪鼓，又抓起小孙孙，掼死在地上。儿媳妇被抓走，拼死不从，也被杀死。惨啊，大人啦！”

董氏听了，也气得脸儿发青。包拯听了，心似刀绞，可他故意说：“肖刘氏，包勉是我的侄儿，你就原谅点吧。我给你三百两俸银，让你安排晚年生活。”肖刘氏听了，一怔，眼里的泪水没有了，圆睁着两眼，怒道：“呸！我不要你的臭钱，你也要为我这个孤老婆子的苦命操心。常言说：‘屈死不告状。’原来你包大人也是官官相护亲为亲，枉有清官的好名声!”

包拯听了，并不动气，转脸对董氏说：“娘子，你看这事如何处理?”董氏咬着牙，说：“你照国法发落吧！包勉藏在我家后花园。”

“啪”的一声，包拯一拍惊堂木，叫道：“带凶犯!”声音一落，包勉就给带上了大堂。怎这样快呢？原来，包拯把董氏带上衙，就命令张龙、赵虎搜查自己的家，没有包夫人的阻拦，包勉自然被捉拿归案。包拯计策用得好啊！董氏想通了，自然交出凶犯；董氏想不通，也照捉凶犯。

包勉一带上堂，肖刘氏就叫道：“包大人呀！正是这个贼子，你与我做主，替小人儿子、媳妇、孙子伸冤报仇。”包勉晓得事情不好，哭着向董氏说：“老婶，你答应替侄儿讨情的，老婶，你快向老叔说说吧!”

董氏掩着脸，哭着说：“包勉，你的罪孽太重了，老婶救不了你呀！你不要怨怪老婶，老婶给你备了纸钱。”

包勉贼人也有贼智，看看求老婶不行啦，就伸出有疤痕的手，只是摇晃，想打动包拯。包拯一见，胡子直抖，但毅然画下了“斩”字，说：“包勉，你妈留给你的是‘无私’的手，你怎么用这手做歹事呢？国法无情，只有斩了你，才能对得起一世无私的嫂嫂。”说罢，扔了笔，吩咐说：“推出去行刑吧!”“喳!”张龙、赵虎就把包勉推出大堂。

包拯对肖刘氏说：“肖刘氏，斩了包勉，替你那惨死的儿子、媳妇伸了冤，只是人死不得复生，本官念你孤苦无依，生活无着，仍将三百两俸银给你去安排晚年吧!”“谢包大人。”一会儿，斩了包勉，张龙、赵虎呈上一颗血头。包拯一见，一改往日那种刚硬的脾性，放声大哭，泪水如断线的珠子。还在哭泣的董氏，止住了悲戚劝说：“相公，包勉已正法了，你还哭什么？”老包说：“包勉被正法，他是罪有应得。我哭，是对不起嫂子啊！我光知道报嫂子的恩，对侄儿一味宠爱，没有教育好侄子，以致使他作奸犯科，落到法网里。我对不起嫂嫂啊！”

说着，又哭，越哭越伤心。董氏只得劝说：“相公，你要以身体为重。嫂嫂深明大义，她也不会怨怪你的。我们还是多想想嫂嫂的晚年吧，一个人够清苦的。”包拯停住泪，说：“啊！这——我早考虑好了。嫂嫂，我来供养。‘长——嫂——如——母，敬——嫂——似——母’，往后，你也得记住。”自那，“长嫂如母”的话头，就流传下来了。

阅读加油站

①本文选自《中国民间故事集成·安徽卷》，中国 ISBN 中心，2008 年，第 115～118 页。

②伢：小孩。

③咬手：棘手。

④老罕：指最小的儿女。

⑤老了：合肥方言，死了。

⑥血糊淋拉：血淋淋的。

名人传说故事

圣人借粮[1]

传说孔圣人周游列国的时候，来到了要饭花子[2]的头领范丹老祖居住的地方。孔圣人和徒弟刚刚住下，老天就下起雨来，一连下了七七四十九天。孔圣人一看粮草一干二净，便派他的徒弟公冶长出去借粮。

公冶长外出借了一圈没借着，回来给孔圣人说："师父，这一带老百姓很穷，都没粮，只有那个要饭花子头领范丹老祖有点小米。可此地人都说他脾气古怪，一般人是借不来的。何况他是个要饭的，咱名声这么高，去向要饭的借粮，不失体面吗？所以我没去借。"孔圣人一听，想了半天，说："在家千日好，出门一时难。事到如今，咱就顾不上体面不体面了，今只管去借，只要你一提我的名字，他保准借给你。"公冶长听了，牵马套车向范丹家赶去。

公冶长赶着大车，来到范丹老祖的门口，下车上前敲门。范丹听到有人敲门，忙迎上前问道："来者何人？有何贵干？"公冶长忙上前行礼，道："我是孔圣人的徒弟公冶长，从鲁国来到贵地，断了粮草，奉师父之命，来向老祖借粮。"范丹看了看公冶长说："你师父是出名的圣人，你是他的徒弟，那我今天得出个题目考考你。如果你答得对，我就借粮给你，如果你答不对，我就不借。"公冶长一听，心想：这有何难？随声说道："老祖，请出题吧！"范丹问道："什么多来什么少？什么喜来什么恼？"公冶长想了想，答道："天上星辰多日月少，娶媳妇喜来送殡恼。"范丹听了，转身就走："不借！不借！"公冶长急得连声喊："老祖，老祖……"范丹头也不回。公冶长只好赶着大车，垂头丧气地往回走。

公冶长少气无力地回到原来的住处，孔圣人忙问："粮食借来了吗？"公冶长把借粮的事从头到尾说了一遍。孔圣人说："看来还得我去。"接着就带领众徒弟赶起马车向范丹家走去。

不多时，孔圣人和众徒弟来到范丹家门口，圣人亲自上前叫门，范丹迎了出来。他们一见面，孔圣人通报了姓名，说了几句客气话，就提出借粮食的事。范丹点了点头说："借粮，我不见您一面，心里总觉着有点不踏实。这样吧，还是我出个题，如果您能答得对，我就借；答不对，不客气，请您另赶门[3]。"孔圣人说："可以。"范丹还是出的那个题："什么多来什么少？什么喜来什么恼？"孔圣人随即答道："小人多君子少；借账喜来还账恼。"范丹听了高兴地连声喝彩："好！好！好！"转身从袖筒里取出一个鹅翎筒，只见筒里装着满满的小米。范丹说："来，圣人，把小米借给您。"孔圣人和众徒弟一看，脸当时长了半截。心想：你范丹糊弄我，借就借，不借就拉倒，千不该万不该出我的洋相，叫我下不来台！又一想：求人难啊！家不是咱当的。唉！借了吧！说着，让徒弟拿过口袋接小米。范丹拿着鹅翎筒往下倒，口袋满了，可鹅翎筒里的小米只少了一点点。孔圣人看了，忽然明白了，范丹老祖原来是神仙，不禁一阵心喜。他忙叫众徒弟把所有的口袋都拿过来，结果口袋都装满了，鹅翎筒里的小米才倒干净。圣人感激不尽，就带着徒弟们赶车回来了。

第二年，粮食丰收，孔圣人家的小米堆积如山。圣人忽然想起，该还范丹账了，忙召集众徒弟拉着比借的时候多一倍的小米来到范丹家。范丹热情相迎，留酒留饭，招待一番。饭后开始还粮，孔圣人让徒弟把所有的小米全都倒进鹅翎筒，还不满半筒。圣人心里有点不乐意。

范丹早已看透了孔圣人的心思，故意把脸一板说：“都怨我当初不该借给您，看您还账恼了吧？当时我借给你的是满满的一筒，今天您还我还不到半筒就心疼了?”孔圣人忙赔笑说：“你放心！这个账我早晚还清。”范丹摇摇头说：“你这辈子，肯定是还不清啦!”孔圣人说：“那不要紧，我还不清，有我徒弟替我还。”“您徒弟是谁?”孔圣人回答说：“凡是贴门帖的[④]都是我的徒弟，你只管去要账好啦!”范丹说：“您徒弟代您还账，我就让我徒弟去要账。”圣人忙问：“您徒弟是谁?”范丹说：“凡是要饭的人都是我的徒弟。”孔圣人一听：“那好，咱就这样定了。”二人击掌为定。所以，至今不管谁家去了要饭的，没有一人敢说：“我不欠你的账。”即使不想给，也只能说个“没有”罢了。

阅读加油站

①本文选自《中国民间故事集成·山东卷》，中国 ISBN 中心，2007 年，第 40～42 页。

②要饭花子：乞丐。

③另赶门：另想办法。

④贴门帖的：贴门联的。文中喻指读书识字之人。

铁拐李三试李时珍[1]

李时珍年轻时医术就很高明，不管什么疑难病症，他一到手就好。

这天夜里，李时珍睡得正香，突然有人敲门，他赶紧翻身起床，迷迷糊糊跟着来人去了。

来人是个道童，他告诉李时珍：掌灯时分[2]，有几个香客来到道观，不久，就一个个得了急症，倒在殿前人事不晓了。

李时珍匆匆来到观前，抬头一看，心里好奇怪："我土生土长，行医采药，哪里不熟！为么事今夜走的路这样生疏，对这道观也没半点印象？"

等走进大殿，果然见七八个人东倒西歪地睡在那里：有侧龙卧虎的，有仰面摊尸的[3]，有手脚抽筋的，有口吐胡言的……李时珍切脉拿症后，话也不说，转身就走。那道童跟在后面追问："哎，哎，李郎中，他们还有救吗？"

李时珍笑道："有救，有救！他们六脉纯阳，心血平和，无病装病，非仙即怪。"

"你真的看出来了？"那道童一惊，随后又伸出大拇指头，称赞说："果然名不虚传，可称神医！"话音刚落，化作一阵风不见了，同时道观也不见了。原来，那道童是铁拐李，他是和其他七个仙人一起来试探李时珍的医术的。

这一天，李时珍的妻子吴氏，正在家门口铺晒药草，一个衣衫破旧、腰系草绳的跛脚老汉，突然站在面前。他拿起这根草药瞧瞧，又拿起那支草药看看。看得仔细，问得在行。吴氏不敢怠慢，就问："老人家，请问尊姓大名，有何贵干？"

那老汉不言不语，只指了指脚，笑了笑，吴氏明白了：原来他害了脚病，是找李时珍诊病的。她说："老人家，时珍清早出门，想必晚上可回。你老要是不嫌弃，就在我家歇宿一晚。"

那老汉谢绝说："不打扰了，我进城找饭铺，明早再来。"

傍晚，李时珍回来，吴氏把老汉求医的事告诉了他。他心想："老人投店，必是无亲无靠。"挟起药包朝城里赶。路见一位破衣烂衫的老人，怀抱拐杖，腰系草绳，蜷曲着身子靠在城门洞旁，就走上前说："老伯，门洞风大，当心着凉呀！"

老人说："找李时珍诊病，他不在家。想落④饭铺，钱又不多，只好将就一夜算了。"

李时珍连忙扶起老头，说："老伯，我就是李时珍，跟我走吧！"那老汉也不讲客套，随李时珍返回家里。

吴氏热情招呼老汉，为他铺了新铺。老汉坐在新铺上，把病脚伸向李时珍，问："李先生，我这烂冬瓜脚能诊好吗？"

李时珍仔细看了看，说："您脚里瘀血不散，脓水作怪，如不赶紧诊，就会全脚溃烂。诊好脚，就要先拔火罐，除脓去瘀再用药。"

听说要拔火罐，那老汉就拉住李时珍，说："那我这老皮老骨的，么样受得了？"

李时珍想了片刻，说："您怕拔火罐，我就用手把淤积的脓血挤出来。"他按住老汉脚上的脓包轻轻一挤，那污血突然喷出，喷得李时珍满身都是。李时珍却感觉到满身药香。他心里好生奇怪，正准备给老汉敷药，老汉却连说"不用"，起身就走。

李时珍送到门口，拱手作揖道："敬请仙师多多赐教！"

那老头一惊，问："郎中先生，此话么讲？"

李时珍说："我触及您的体肤，闻到药香，觉得您不同凡人。留心一下您的步履，虽蹒跚却又轻盈，脚不沾尘，落地无声，可见您必定来自仙界！"

原来，这老头又是铁拐李，他这是二试李时珍。

这一天，铁拐李采药名山，七转八转，又转到蕲州。他想："我已采集了百样本草，何不让李时珍用来救死扶伤呢？"铁拐李扮成农夫模样，坐在李时珍门口的石墩子上，嘴里直叫直喊："肚里饥哟，肚里饥哟！"

李时珍见他像是有病，就打算给他切脉。

铁拐李不让切脉，只是故意呻吟："肚里饥哟，肚里饥哟！"

李时珍被喊糊涂了，连忙进房倒出一碗茶给他解渴。铁拐李喝了几口，说："这茶一喝，把我的精神提起来了。"他从怀里拿出一本医书，对李时珍说："为表谢意，这书你拿到屋里看一会儿吧。"

李时珍进到屋里去，一面招呼熬粥，一面看起书来。这书实在奇特，本草万千，有图有字。李时珍看得入了迷。突然，耳边响起了"肚里饥哟"的喊声，这才想起煮粥的事，赶紧揭开鼎锅盖，盛碗粥出来请老头吃。不料，老头却一眨眼就不见了。

李时珍心想："这人不是肚里饥吗？怎么粥不吃就走了？"这时，从空中传来一个声音："我乃铁拐李，前来度李基。"李时珍恍然大悟，才晓得"肚里饥"就是"度李基"。自己不正好小名叫李基吗？原来是仙人铁拐李在点化自己哩！

阅读加油站

①本文选自《中国民间故事集成·湖北卷》，中国 ISBN 中心，1999 年，第 114～116 页。

②掌灯时分：傍晚天刚刚黑的时候。

③当地习俗，对侧睡、卧睡、仰睡的不同姿势，用龙、虎、死尸作喻，取笑仰睡姿势的人。

④落：住。

鲁班的传说[1]

赵州有两座石桥，一座在城南，一座在城西，城南的大石桥是鲁班修的，城西的小石桥是鲁班的妹妹鲁姜修的。

鲁班和他的妹妹周游天下，到了赵州。远远就看见赵州城黄澄澄的城墙了，走到近处，却见一条白茫茫的洨河拦住去路。河边渡口上挤了很多人：粜谷的、卖草的、运盐的、贩枣的、往作坊里送棉花的、赶庙会卖布的、挑着担子的、拉着毛驴的、推着车子的，一齐吵吵嚷嚷，争着要渡河进城。

河水流得很急，只有两只小船摆来摆去，半天也渡不过几个人。有人等得不耐烦，就骂起来了。鲁班看了，就问："你们怎么不在河上修座桥呢?"问了几个人，都说："洨河十里宽，洄沙又多又深，迎遍天下客，没有巧匠人。"鲁班和鲁姜看看河水地势，就发心愿给赵州人修两座桥。

鲁姜走到哪里总是听见人夸奖她哥哥多巧多能，心里很不服气，这回要跟鲁班比赛一下，就说修桥两个人分开来修，一人修一座，看谁先修好。天黑开工，鸡叫天明收工，谁到鸡叫还完不成，就算输了。这么说好了，就分头准备起来。鲁班在城南修一座，鲁姜在城西修一座。

鲁姜到了城西，聚集聚集材料，急急忙忙就动手。才半夜工夫，就把桥修好了。她心想这回一定把哥哥比下去了，倒要看看哥哥这会儿做到个什么样子，就偷偷跑到城南来。谁知到了那里，河还是河，水还是水，连个桥影子都没有，鲁班也不在河边，不知道跑到哪里去了。她正在纳闷，远远看见南边太行山上下来一个人，赶着一大群绵羊，窜窜跳跳往这边来了。走到近处，一看，那人正是她哥哥，他赶的哪里是一群羊啊，赶的是一块一块雪白细润的石头。鲁姜一看这些石头，心里就凉了。这是多好的石头啊，这要造起一座桥来该多结实，多好看啊，拿自己修的桥跟它比，哪比得过啊!

她想，一定要有两手盖过他的，念头一转，就急忙回到城西，在桥栏杆上细细地刻起花来。刻了一会，桥栏杆都刻遍了，牛郎织女、丹凤朝阳，还有数不清的奇花异草……鲁姜看看，心里又得意起来。她沉不住气，又跑到城南来看鲁班。鲁班这时把桥也快修完了，只差桥头还有两块石头没有铺好。鲁姜一看，着了急，就尖起嗓子学了两声鸡叫。她这一叫，引得村前村后的鸡也都急急忙忙一齐叫唤起来。鲁班听见鸡叫，赶忙把两块石头往下一放，桥也算修成了。

这两座桥，一大一小。鲁班修的大刀阔斧，气势雄壮，叫作大石桥；鲁姜修的精雕细琢，玲珑秀气，叫作小石桥。直到现在，赵州一带的姑娘挑枕头绣花鞋的时候，母亲们还说："去吧！到西门外小石桥栏杆上抄几个好花样来！"

赵州一夜修起了大石桥，修得还说不出有多么结实，多么好看。第二天，这事就轰动了远近各州城府县，连住在蓬莱岛上的八洞神仙也都听到了消息。神仙当中张果老是个好事的人，听说有这件事，就牵上他的乌云盖顶的毛驴，驴背上褡裢里，左面装了日头，右边装了月亮；又邀上柴王，推上金瓦银把的独轮车，车上载着四大名山，游游荡荡，就来到了赵州。

到了桥边，张果老高声问道："这桥是谁修的呀？"鲁班正在桥边察看桥栏桥洞，听见有人问，就回答："这桥是我修的，怎么啦？有什么不好吗？"张果老指指毛驴小车，说："我们过桥，它吃得住吗？"鲁班一听，哈哈大笑，说："大骡子大马只管过，还在乎这一头毛驴、一驾车？不妨事，走你的！"张果老、柴王爷微微一笑，推车赶驴上桥。他们才上去，桥就直晃晃，眼看要坍；鲁班一看不好，连忙跑到桥下双手把桥托住，这才把桥保住。

桥身桥基经过这一压，不但没有损坏，倒更加牢实了；只是南边桥头被压得向西扭了一丈多远。所以，直到现在，赵州桥上还有七八个驴蹄印子，那是张果老的驴子留的；三尺多长一道车沟，那是柴王爷的推车压出来的；桥底下还有鲁班的两个手印。早年间卖年画的时候，还有鲁班爷托桥的画卖呢。

张果老过了桥，回头看看鲁班，说："可惜了你这双眼睛呦！"鲁班觉得有眼不识人，越想越惭愧，便把自己一只眼睛用手挖了，放在桥边，悄悄地走了。后来马王爷打从赵州桥路过，看见了，就把眼睛拾起来，安在自己额上。鲁班是木匠的祖师爷，所以现在木匠做活，到平准调线的时候也都用一只眼睛，而后人塑马王爷的像，就给塑了个三只眼。

鲁班给赵州人造了大石桥，历代的人感念不忘，直到现在，放牛的孩子还在唱：赵州石桥什么人修？什么人骑驴桥头过。压得桥头往西扭？什么人推车桥上走，车轮子碾了一道沟？赵州石桥鲁班修；张果老骑驴桥头过，压得桥头往西扭；柴王推车桥上走，车轮子碾了一道沟。

阅读加油站

①本文选自《民间文学作品选》（上），上海文艺出版社，1980年，第104～107页。

西施和馆娃宫[1]

苏州的灵严山又叫象山，它的形状如同一只大象，长长的鼻子朝北伸得老远。象背过去曾经有过一座美丽的宫殿，就像一个精美的象鞍，它名字叫“馆娃宫”。

这已是两千多年的事了。春秋战国辰光[2]，越王勾践被吴国俘虏，受尽了吴王的侮辱。“十年生聚，十年教训”，他决心要卧薪尝胆，复仇雪耻。当他得知，吴王夫差得胜以后高枕无忧且沉溺于酒色、百姓怨声载道的情形时，就接受了大夫文种[3]“七计灭吴”的计策，其中有一条叫“美人计”。越王从几千美女中挑选了一个既聪明又漂亮、爱国心特别强的女子西施，献给了吴王。

西施原是越国苧萝村的浣[4]纱姑娘，她生得像天仙一样标致，赛过月里嫦娥、花里牡丹。越王勾践物色到这个美丽的姑娘，就叫范蠡[5]对她精心培养。西施聪明过人，教啥会啥，学啥精啥。三年后，西施变成了一个琴棋书画、丝竹笙歌六艺俱全的倾国倾城女子。范蠡还慢慢把国家兴亡和将要交给她的神圣使命讲给她听。西施就像一盏玲珑剔透的玻璃灯——一点就明，连范蠡也佩服她，暗暗地对她产生爱慕之心。

吴王准备迎接西施，就选了风景最优美的象山，在山上建造“馆娃宫”。据说，当时建造“姑苏台”、“馆娃宫”，越王献了大批神木，从现在的浙江顺河运到苏州。“积木三年，木塞于渎。”后来用这些积在水中的木料造了许多房屋，成了集镇——这就是现在灵严山脚下的吴县木渎镇。

“馆娃宫”造了五年，宫殿造得像月宫。里面珠玉镶嵌，美丽辉煌。还建造了一座御花园，有冬夏常青、四季不谢的花木。在象山的最高处，还造了一座琴台。从此，每当星月交辉，清风习习，吴王就伴着西施在琴台上饮酒操琴。通过琴台，有一条长廊，叫“响屧廊”，据说廊下地皮挖空，放了许多大缸，缸上面铺了木板，吴王让宫女们穿了木屐在走廊上跳舞。宫女的裙上系着小铃，发出叮叮当当的声音。木屐踏在木板上，发出铮铮锹锹的回响，形成美妙的音乐，吴王最喜欢听了。

他想尽办法要博得西施的欢心。西施高兴时也穿起木屐跳舞，跳得疲乏了，便在殿前的一个池塘里沐浴。因为她和宫女们身上的脂粉香气太多了，所以，这个池塘就叫“香水溪”，又叫“胭脂塘”。池里种了荷花，吴王还命人造了一只精巧的小船，他和西施经常在小池塘里“泛舟采莲”。后人谈起吴王的“山顶行船”，总要和后来的隋炀帝[⑥]“陆地行舟”相提并论，怨恨他们荒淫误国。

西施到了吴国后，一心思念故国，心中闷闷不乐。西施愁苦，急坏了吴王。吴王对西施说：“我的好妃子，你吃的是山珍海味，穿的是绫罗绸缎，开口要，闭口要，还有什么不称心的？除非天上的月亮不好拿下来给你。”西施说：“我懒得抬头看月亮，你能把月亮拿下来，让我看月亮不用抬头吗？”吴王一听呆了，面孔尴尬，搔头摸耳苦笑着说：“哎呀，你寻开心也不是这样寻……”西施却出了一个主意，叫吴王在御花园中另开一个小池塘。她要和吴王一起在那里赏月。在一个月白风清的夜晚，微波荡漾，月影闪闪，西施用双手捧了池水，月影立即映在手中。她对吴王说：“你看，我能玩月于手中。”吴王赞美西施聪明，西施却得意地笑了。从此，这个池就叫“玩月池”。

据说，西施在馆娃宫只笑过两次半，一次在玩月池，一次在西施洞，半次在箭香泾。

提起“西施洞”，还有一段故事：有一次吴王和西施到象山馆娃宫避暑，走到半山一个石洞边，吴王得意地说：“这个石洞关过越王勾践，他曾在这里蓬头赤脚当马夫。”西施听了很难过，脸上却不得不装出笑容。吴王忙问：“爱妃有什么好笑，莫非我讲得不对?”西施忙岔开说：“这石洞里凉风习习，好像回到了家乡，心里很高兴。”吴王听了说：“天下以爱妃最美，以你的名字最好听，这个洞就叫它‘西施洞’吧!”

有一次西施和吴王在山顶远望，望到白茫茫的太湖[7]。西施心里想，太湖那一边就是越国，有朝一日事成之后，倒要考虑一条近便的去路。她便向吴王说：“我看前面有一座小山，叫什么山呢?”吴王说：“那是香山。”西施问：“为什么叫香山?”吴王说：“我命人从越国带来的香草，都种在那山上，这香草提炼出来的香水，是专门供给你用的，所以叫香山。”西施听了露出一丝笑意说：“到香山去可怎么走呢?”吴王说：“这里下山到木渎乘船就可以到香山。”西施摇摇头说：“要兜这样大一个圈子，太远啦!”吴王听了，马上叫人拿来弓箭，对准香山方向“嗖”的一声射去，又马上丢下一枝御令箭，对手下人说：“以箭开河!”河开好了，吴王与西施经常乘着画舫，一路吹箫弹曲到香山采香草。河的两旁种了杨柳桃花，河里种了荷花。如今，从灵严山望下去这条笔直的河，就是“箭香泾”，又叫“一箭泾”、“箭泾河”、“采香泾”。

西施想方设法利用吴王的荒淫，消耗吴国的财力，使吴国百姓怨声载道，让吴王失去民心。有一次她对吴王说：“人家都说我西施生得美，我自己却看不到。”吴王便叫人在山顶上开井，把井当镜子照，山顶上开井真是万难，百姓怎能不怨恨呢?这就是至今还留在灵严山顶上的“吴王井”。

西施时时刻刻在盼望越国的兵早日到来，她想得可周到呢，木渎有句话：“山上十八景，山下十八影。”十八影就是木渎街上原来有十八口井，据说是西施叫人造的。西施深谋远虑，这十八口井是供越兵打来时吃水用的。传说后来越兵打来时，只只井里放了砻糠，西施为啥要越兵吃井水呢？因为井水比河水干净。为啥要在井里放砻糠呢？因为井水太冷，越兵打仗跑得满头大汗，一吃冷水就容易坏肚皮。水里有了砻糠，就先要用嘴吹一番，或者用手拨一拨，这一吹一拨就是歇息一会。这样吃下去不容易生病，身体好就能保证打胜仗了。

越王勾践在“十年生聚、十年教训”之后，便向吴国大举进兵。吴王夫差和他的文臣武将，正在喝酒行乐，毫无防备，被越兵重重围困。吴王在临死前关照手下人说：“我死后给我脸上盖块红布，黄泉之下，我也羞见伍子胥[8]啊！”因为伍子胥曾经多次劝他要防备越王报仇，他都听不进。最后，伍子胥命人在自己死后把头割下来挂在城头上，他要看越兵进城。果然，伍子胥的话应验了，吴王夫差懊悔不已，吴国最终还是被越国灭亡了。据说，以后这里死了人，脸上都要遮一块布，就是当时传下来的风俗。

越国把吴国灭亡了，但是越王勾践是一个只能共患难、不能共富贵的人。越王的妻子更加凶狠，越王灭吴以后，勾践要加封西施，越王的妻子说：“西施这个女人，能把一个强大的吴国搞垮，现在她在天下的威望比你还高，难道你就不害怕？今后要是她变心，反过来对付你，你受得了吗？”越王听了这番话，下了杀害西施的狠心。他命人骗西施上船，到了太湖中心，把她绑起来，身上系了大石条。西施在临死前问：“我忠心耿耿报效国家，为什么要杀害我呢？”刽子手说：

“越王说西施不能留在人间！”于是把她推到湖中。

范蠡赶到馆娃宫接西施，结果扑了空，知道西施被越王杀害了，自身也难保，就赶紧逃到无锡隐居。他隐居的地方就是现在无锡的蠡园[9]。

阅读加油站

①本文选自《中国描述性传说概论》，台湾贯雅文化事业有限公司，1993年，第215～221页。

②辰光：时候。

③文种：越国大夫，楚国郢人，曾与范蠡一起辅佐越王勾践，出计灭吴，功成，范劝其引退，不听，后为勾践赐剑自杀。

④浣：洗。

⑤范蠡：春秋楚国宛人，仕越为大夫，佐越王勾践刻苦图强，卒灭吴国。

⑥隋炀帝（569—618）：杨广，604—618年在位。继位后，大兴土木，营建东都洛阳，修建宫殿和西苑，开运河，筑长城，辟地道，每项工程迫使数十万至数百万人从事无偿劳役，赋重役繁，民不堪命，后在江都被禁军将领宇文化及等缢杀。

⑦太湖：湖名，在吴县西南，跨江苏、浙江二省。

⑧伍子胥：楚人，名员，任夫差之行人，夫差曾赐剑令其自杀。

⑨蠡园：在今无锡市西南五里湖畔。也有人传说，范蠡接西施一起逃到了无锡，后又到江西经商致富，俗话说“陶朱致富”，即来源于此。

酒醉创麻沸[1]

华佗当年行医，遇见一些外科病人，针药无效，必须开刀割去病灶。但是开刀时疼痛难忍，华佗为病人着想，整天琢磨着如何减轻病人痛苦。

有一天，一个人喝醉了酒跌倒在地，可巧地下有一堆乱柴，一根又尖又细的木柴，扎进了醉汉肉内，因扎得深，断了一截拔不出来。人们把醉汉抬到华佗那里，华佗用刀子把肉割开，将木柴取了出来，用针线把刀口又缝上，没看到醉汉有疼痛的感觉。后来醉汉醒了，华佗问他：“我给你开刀，疼能受得了吗？”“啊！我没感觉疼呀。”

华佗一听，心中暗暗欢喜。他想：“酒醉人如死，疼痛也不觉，能不能利用酒，让人喝醉开刀治病呢？”他决定

自己先试试看。华佗把徒弟吴普叫来，对吴普说："我现在开始喝酒，等我喝醉了，你用刀子在我腿上割个一寸长的口子，然后用针线给我缝上。"吴普一听惊呆了，忙说："师傅，你这是干啥？""这是做试验。你要听我的话，成功了我再给你讲，你只管照办。"说罢就喝起酒来，一直喝到不省人事。吴普按华佗的安排，在他腿上割了个口子又缝上。

华佗醒来之后，问吴普："你照我的安排办了吗？"吴普忙上前扶起华佗说："师傅，这不，伤口在这里。"华佗一看可喜坏啦，遂跳下床来说："果然不疼，果然不疼。"从此，华佗就用这种方法为人们开刀治病。华佗把它叫作"沉醉法"。但经过应用，证明只适用少数病人，小孩和重病人不能用。因为小孩不能喝酒，重病人手术时间长，手术没完就酒醒了，酒醒之后疼得更狠。华佗对此又苦思冥想。

有一天，他见一个小孩突然失去知觉，大人抱来求华佗医治。华佗看了半天没查出病在哪里，过了一会小孩自己醒过来了。华佗问小孩："你刚才怎么病的，怎么现在又好了哇！"

小孩往外边一指说："我在那儿地下挖了一块鸡蛋大的东西，不知是啥就咬了一口，感到嘴里一阵麻，一会儿我就不能说话了。""你在什么地方挖的，能带我去看看吗？"小孩天真地说："好哇，我带你看去。"小孩领着华佗来到原来的地方，用手一指说："这不，就在这儿。"华佗上前又挖一块，用嘴一尝，啊！真的，舌根发麻，半天连嘴也不能张。华佗叫它"麻药草"，就刨了一些实验。实验的结果是：生麻熟不麻，只能生用涂在皮肤上，并且麻的时间较短，只适用于小型疮口穿破，不能全部解除病人的疼痛，不能做大型手术。

有一次，华佗出外行医，见一个病人牙关紧闭失去知觉，口角冒着白沫。问一下亲属，说是突然发作，摸摸脉搏，六脉平和；看看面色如常，听听呼吸均匀，给他扎了几针没有任何感觉，到了天黑他才慢慢地醒了过来，华佗问："你是怎么病的呀?"病人说："我没有病，我到地里去挖野菜，听人说这臭麻子[②]能吃，我吃了两个，刚刚咽下就口紧舌麻，失去知觉，现在还感到周身发麻。""噢，臭麻子，什么样的，快找些来给我看看。"人们随即到外边连根拔了一些给华佗。华佗细看了一番，掐一点花放嘴里一嚼，顿时满口发麻，头昏目眩，他急忙吐出来，说："啊，好大的毒性呀!"他如获至宝，立即用绳子捆起告别众人背着走了。

华佗回到家，一进门夫人就问："你到哪里去了，天这么晚才回来呀?""今天晚得好，我找到了麻药。"华佗把臭麻子往地下一放，说："这不，就是它。"华夫人一看："哎呀，我说是啥金贵的东西哩，原来是臭麻子棵，我娘家庄前房后遍地都是。""那太好啦，你明天就去砍些来，我配制麻药。""你呀，真成了麻药迷了，今天试，明天配，也不知道啥时候能制出来。""哎！世上无难事，成在有心人。只要决心大，早晚总能制成麻药。"从此，他对臭麻子又试验起来。他先尝叶，后尝花，再尝果。先试生后试熟，再试蒸。试验的结果：生者最好，果籽药力最强，剂量大小各不相同，但是单药一味还不能用。

又有一天，华佗出外采药，遇见一位猎人昏倒在地上，华佗抽出银针把他抢救过来。猎人感激不尽，和华佗成了朋友。一天，猎人打了一只猛虎，给华佗送些虎肉。华佗问：

“猛虎十分凶恶，擒虎可不容易呀。”“打虎自有擒虎法，我有一种麻药箭，虎中了我的箭它就不会动了。”“啊？什么麻药箭，如此厉害！”

“麻药箭就是毒药箭。虎一中箭就全身发麻，失去知觉，倒在地下任我捆绑。”华佗听说麻药二字兴趣就来了，忙问：“你这麻药箭是什么药制成的，能告诉我吗？”“这是祖传秘方，别人不给讲，我们是知心朋友，当然可以。”

“那是什么药制的呀？”“很简单，都是些不花钱的草药，有曼陀罗果籽、草乌头、天南星，把药配好装箭头上就行了。不过，你千万要保密呀！”

“我一定做到，决不食言。”华佗得到猎人的启发，就利用这些草药研究配制，用酒冲服，借酒的升发之力，引药上行至大脑，使大脑失去知觉，达到麻醉作用，终于把麻药制成了。因酒乃蒸沸而成，就把这麻药叫“麻沸散”。华佗有了麻沸散，有利于减轻病人做手术时的痛苦，就治病如神了，人们称他为神医。后来，华佗就把这个药方记在《青囊经》里。

阅读加油站

①本文选自《中国民间故事集成·安徽卷》，中国 ISBN 中心，2008 年，第 71～73 页。

②臭麻子：又名洋金花，学名曼陀罗。花可入药，能止痛、平喘。花或全株有剧毒，慎用。

锦囊[1]

相传昭君出塞和亲之前，汉元帝答应她回家与父母乡亲作一次告别。姊妹们听说昭君回乡，便唱着多情的山歌，跳着胭脂红的舞蹈，来到桃红李白的香溪畔迎接。乡里人都准备了最能体现自己心意的礼物，以便在告别的那一天，一齐赠送给昭君姑娘。

这一天终于到了。当昭君在宫女的陪伴下缓缓登上彩舟时，大家一一向她献礼致意。有赠祖传琵琶的，有赠青丝罗裙的，有的敬香果，有的送钗环。昭君的父母亲赠给女儿一个香气四溢的锦囊，两老说："昭君呀，锦囊装的全是汉家的心意!"昭君手捧锦囊，落泪答谢。接着弹起琵琶，挥泪与父母乡亲告辞，小舟融进了桃李夹岸的花海。

这几天，昭君在宝坪村里够辛苦的了。因此她上船不久，便独自在舱篷里打起盹来。不一会，船到玉虚洞前，忽听仙乐声声，一个非常美貌的女子从洞里走出来，一边向小舟招手，一边呼唤着昭君的名字，然后就上了船，向昭君施礼，说："我给你的锦囊里添了两件东西，请你不要看，只有当你最困惑的时候，才能打开锦囊……”

小船很快到长江口了，船身猛一颠簸，昭君这才从梦中醒来，发现自己仍然坐在船舱里。她半信半疑地去摸锦囊，果然里面像有一件硬朗的东西。难道是玉虚仙女送的？昭君为了不违梦中所嘱，没有打开来看。但她心里老猜着：这究竟是什么宝贝？

离开了父母之邦，昭君来到塞外，和呼韩邪单于举行了隆重的婚礼。从此，边塞无狼烟，汉、匈边民过上了安宁的日子。

第二年，阴山②山麓和大漠③南北，出现了严重的灾害。朔风怒号，飞沙走石，久旱不雨，水草一片一片地枯死，牛羊一群一群地饿死，牧民处于极度饥饿混乱之中。这时候，朔漠飞沙中又夹着一股邪风④，说什么这些灾难都是汉女王嫱带来的，只有用她的血来祭奠匈奴的先灵，草原才能化险为夷。单于王听了，也禁不住心中发颤。单于王和昭君感情很深，加上汉天子对他的恩德，他怎么也不会相信这些鬼话。只是眼前深重的灾难使单于王终日劳碌、操心，他渐渐地疏远了昭君，并且很久不曾进过昭君的毯帐了。

一天晚上，昭君愁眉不展，独坐在毯帐里，默默地想着近来发生的事情：灾情严重，谣言四起，牲畜死亡，牧民受灾，单于王终日闷闷不乐，惶惶不安。昭君怎么也想不出一条挽救眼前之急的办法来。忽然，她想起了双亲赠送的那个锦囊，想起了玉虚仙子托梦给她的宝贝，便立即取出锦囊，一看，在双亲赠的庄稼种子里面，果真藏着一把金剪子和一张黄纸。这是干什么用的呢？它们怎能解开我的困惑呢？夜已很深，昭君还在苦苦地思索着。

过去，在这夜深人静的时候，毯帐外处处是马骡牛羊的叫声，今天什么也听不到了，只有饥饿人的痛苦呻吟。昭君愁肠百结，双手颤抖着捧起锦囊，悄悄走出毯帐，摸黑来到一个无水无草无牛羊的沙丘上。一会儿，狂风逐渐平息，乌云也慢慢散开，皎洁的月亮像玉盘一样挂在天空。月光下，昭君凝望着无边无际的荒漠，情不自禁地想起如今牧民正在受难，恶语伤人，该怎么办呢？找单于王吧，又终日不见；找汉天子吧，又千里迢迢。想着想着，昭君心中难过极了，流出了眼泪。

泪珠儿滴落在冰凉的沙子上，流啊流啊，她掉泪的地方竟然出现了一股蓝晶晶的小清泉。昭君一见，又惊又喜，乐得像只小羔羊，一头扑进了小溪流里。这时，一个东西从她怀里“扑”地掉入溪边，昭君拣起一看，是锦囊。她立刻打开，取出金剪子和黄纸。

昭君想，有了水，要是还有水草、牛羊、庄稼那该多好哇！她轻轻唤着“牛羊！牛羊！”边说边用金剪在黄纸上剪了一只小羔羊。谁知刚剪成，只听得“咩咩”几声，小纸羊突然从她手中蹦了起来，变成一只活鲜鲜的小羔羊，直往小溪边跑去。

昭君赶紧又用黄纸剪了起来，剪呀剪呀，剪一只羊，蹦出一只羊；剪一条牛，蹦出一条牛，一会儿牛羊成群了。昭君又剪了一些水草和花瓣朝小溪边一撒，霎时，出现了一片片绿茵茵的嫩草和香喷喷的野花。最后，昭君又取出锦囊中的种子，撒在沙土上，顷刻便长出了庄稼。

第二天天刚亮，牧民们欣喜若狂，奔走相告。大家交口传颂说：“昭君姑娘真是天上的仙子！”单于王为了不忘昭君的恩德，封她为“宁胡阏氏”。

阅读加油站

①本文选自《中国描述性传说概论》，台湾贯雅文化事业有限公司，1993年，第240～243页。

②阴山：今内蒙古河套以北、大漠以南诸山之统称。

③大漠：大沙漠，东起内蒙古与大兴安岭西麓，西尽新疆天山东麓。

④邪风：暗指谣言。

陶渊明和“柳七豆腐”[1]

东晋时，彭泽县城在今湖口县的柳德昭村。那时西门城外有个江桥镇，镇上有一家豆腐店，主人柳七，祖传手艺，他制作的豆腐又白又嫩，烹饪技术更是不一般，形、色、味都很讲究，方圆几十里，算他做的豆腐首屈一指。

一天深夜，柳七和伙计们刚做完最后一板豆腐，就听见有人叩门，说要买酒吃。他打开门，见是一老一少，忙让进屋来，招呼说：“客官，已到子时了，现成的水酒倒是有，只是无下酒的菜。”这时，年老的听说有酒，就来了劲，他指着刚做好的豆腐说：“听说这里的豆腐做得好，随便做几样，也可下酒。”那年轻的把柳七拉到一边说：“店家，这是刚上任不久的陶县令，总要做几个像样的菜，才可下酒。”柳七听说来的是百姓敬慕的陶渊明[2]，忙跪下说：“小人柳七，给县太爷磕头。”陶渊明忙扶起柳七，说：“柳店家，不必如此。只是深夜打扰了。”

原来，陶渊明一走马上任，就喜爱上了这里的湖光山色。公务之余，他常常是青衣小帽，带着书童，沿着柳堤漫步。他喜欢在这种安静的地方，吟诗作赋，舒畅情怀。这天晚上，他在湖边慢走，从江桥镇上飘来一阵酒香，引起了他的酒瘾，主仆二人追寻过来，哪知镇上店铺都关了门，书童便叩开了柳七的店门。

不一会儿，端来了三盘热气腾腾的豆腐，只见一盘是方块叠起，柔软光滑。陶渊明眼前一亮，心中赞道：“好豆腐!”第二盘香喷喷、黄澄澄。第三盘雪白无瑕、光润细嫩，佐上绿油油的葱花，青白相间，朴素淡雅，不仅令人赏心悦目，而且香气沁入脾胃。陶渊明高兴地吃了起来，豆腐入口，清香爽滑，余味不尽。这时又端上一海碗豆腐，汤清见底，上面漂浮着几根青菜叶，白嫩的豆腐被鲜绿的红根菠菜垫衬，显得格外好看。陶渊明一见，脱口而出：“清香白玉板，红嘴绿鹦哥。妙不可言!”这一晚，他直喝得东方发白，大醉而归。

从此后，陶渊明一有余空，就到柳七家，喝上两壶水酒，吃上两盘豆腐。不几时，他和柳七成了莫逆之交。柳七拿出祖传本领，精心烹饪，每盘豆腐各有特色，每次翻着花样做给陶渊明吃。一日，柳七送豆腐到县衙门来，又与陶渊明谈起豆腐经。陶渊明问他："这豆腐能做多少个花样?"柳七回答说："家传烹调豆腐已有五代了，共有三百例[3]。"陶渊明听了，感叹地说："你算是五代清白传家了，我是官场半生混浊。"柳七惊问道："大人，何出此言?"陶渊明叹道："我本无心作官，此次出任，只不过为五斗米罢了。"柳七说："大人为官清正，治理有方，百姓十分拥戴呢。"陶渊明笑道："当今朝廷昏庸，为民作主谈何容易。"当即挥毫写下了"五代清白"四个斗大的字送给柳七。柳七拿回家请人刻成匾，挂在店门上。从此，柳七豆腐店改名为"五代清白"豆腐店，生意也越来越兴隆，远近慕名来吃豆腐的客人络绎不绝。

时值谷雨时节，春雨连绵，柳七见陶渊明一连三天晚上都没来店里，想必是因这黄梅[4]天气，路湿泥滑，出外不方便的缘故。一大早就提上新鲜豆腐送来县衙。一进门就听书童说，三天前，督邮官代朝廷给各地方官发俸禄，到了彭泽县，要陶渊明去跪接。陶渊明一向鄙视这个不学无术，专门阿谀奉承的小人，不肯弯腰磕头去接他。这事儿还正僵持着呢。陶渊明见柳七送来雪白的新鲜豆腐，略有所思地说："柳七，今天给我做盘凉拌豆腐吧。"一会儿，一盘凉拌豆腐端来，青白明了，鲜亮洁净。在陶渊明眼里，这盘豆腐不卑不亢，透着一股清风傲气。他心中一动，自言自语地说："豆腐，豆腐，我堂堂七尺汉子，还不如你清白，还要为这五斗米弯腰屈膝，在这混浊的官场中，与狼狈为伍，愧哉，悲哉。”柳七见陶渊明心境不佳，也就好言劝慰一番便回去了。

第二天一大早，陶渊明把县官大印挂在横梁上，辞了官。他让书童担着行李书箱，同到江桥镇柳七家辞行，他拉着柳七的手说：“柳七兄，我在此做了八十一天县令，现在一别不知何时再来吃你亲手做的豆腐了！”柳七见陶渊明说起豆腐，便说：“这好办。”他急急忙忙地爬上楼从箱子里翻出来祖传豆腐谱，双手送到陶渊明手里，说：“这是柳家祖传下来的《豆腐谱》，权当小弟一点心意，也不枉朋友一场。”陶渊明再三推却不得，只好收下。

陶渊明去世后，这本豆腐谱就传给了后人。此后，庐山、星子、九江一带也都有了“柳七豆腐”。人们一吃起豆腐时，便想起了高风亮节的陶渊明。

阅读加油站

①本文选自《中国民间故事集成·江西卷》，中国 ISBN 中心，2002 年，第 42～44 页。

②陶渊明：字元亮，号五柳先生，谥号靖节先生，东晋末期的著名诗人、文学家、辞赋家、散文家。其代表作有《归园田居》《桃花源记》《归去来兮辞》等。

③例：花样。

④黄梅：文中指梅雨季节。

药王孙思邈[1]

相传在隋唐年间有个挖药行医的人，名叫孙思邈[2]，民间叫他孙真人。他挖的药真，诊起病来灵，四面八方的人，有个三病两痛的，都喜欢找他诊。

有一天，孙真人要上泰山挖药。走到半路上，一个老人迎面走来，问他："你这挖药的先生诊不诊病？"孙真人回答说："既是挖药的，么样不诊病？""那你跟我诊诊病，行不行？""诊病是为了济世，么样不行呢！"

孙真人就在路边看起病来。他把脉一摸就说道："叫我诊病，就要说实话，你不是个人咧！""我不是个人是么事呢？""你要是人，这病我诊不好。要不是人，就要现出原身，这病我才诊得好。""那你不怕？""挖药行医的人么事也不怕。""那好。只是这里不行，要进大山里去。"

进了大山，那老人就地一滚，嗬，是一只猛虎！这虎张开血盆大口，望着孙真人。孙真人心想：莫非虎喉里卡了么东西？旧时挖药人的手腕上都戴有玉石套子，为的是防蛇咬兽伤。孙真人取下套子，撑住虎口，然后把手伸进虎喉，取出了卡在虎喉里的野猪鬃。

老虎就地一滚，又变成老头，说："先生诊好了我的病，我怎么报答你呢？"孙真人说："医生诊病不求报答，等我后来有事，叫你来，你来就是了。"老虎点了点头，递给孙真人一粒虎骨丹，说："你带上这粒丹，将来会有用处的。"

后来，孙真人又到海边去采海药。他走到半路上，看见一个老人迎面走来，问他："你这挖药的先生诊不诊病？"孙真人说："既是挖药的，么样不诊病？""那你跟我诊诊病，行不行？""诊病是为了济世，么样不行呢！"

孙真人就在路边看起病来。他一摸脉，说："叫我诊病，就要说实话，你不是个人咧！""我不是个人是么事呢？""你要是人，这病我诊不好。要不是人，就要现出原身，这病我才诊得好。""那你不怕？""挖药行医的人，么事也不怕。""那好。只是这里不行，要到海滩上去。"

到了海滩，那老人就地一滚，嗬，是一条巨龙！这龙鼓着腮帮，望着孙真人。孙真人仔细一检查，原来龙腮里有条蜈蚣。这是龙在晒太阳时，蜈蚣爬进去的，专吸龙腮上的血。孙真人用钳子把蜈蚣夹了出来。龙就地一滚，又变成老头，说："先生诊好了我的病，么样才能报答你呢?"

孙真人说："医生诊病不求报答，等我以后有事，请你来，你来就是了。"那龙点了点头，递给孙真人一瓶龙涎水，说："你带上龙涎水，将来会有用处的。"

不久，李世民当了皇帝。李世民的母亲是瞎眼，李世民不晓得请了几多高明医生，都诊不好。听说孙真人医术高明，就把他请进宫里。孙真人拿出龙涎水，叫李世民拿去给娘搽瞎眼，一搽就好了。李世民的娘子是软骨病，也要孙真人给她诊诊病。孙真人拿出虎骨丹，一服用就好了。

治好了国母和皇后娘娘的病，李世民要封赏哩。可不管封个什么官，孙真人都不受。文不过封相，武不过封侯，李世民灵机一动，封孙思邈为药中王。从此，孙真人成了药王。当了王的，都有跟班，孙真人当药中王，有谁跟班呢？他喊了一声："龙、虎！"龙虎就来了，跟班咧！各处药王庙前都有一对龙虎石墩，就是这个道理。药王庙两旁，人们爱贴"神丹医虎口，妙药治龙鳞"的对联，也是这个原因。

阅读加油站

①本文选自《中国民间故事集成·湖北卷》，中国 ISBN 中心，2001 年，第 107～111 页。

②孙思邈：唐代医学家，京兆华原（今陕西耀县）人。民间尊称他为"药王"。

白居易写堂匾[1]

相传唐代，忠州城里有个大盐商，名叫薛良兴。斗大的字认不得几箩筐，为人尖酸刻薄，心狠手毒，专门出坏主意，整人害人，大家都叫他“黑良心”。

他家有三条大木船，常年运盐巴到万州、夔府、宜昌等地，又从这些地方买布匹、棉花回忠州，高价出卖后，放高利贷。这样驴打滚，利滚利，没过几年，他家银子过秤称，珍宝用斗量，成了城里头号富实郎[2]。有一年，薛良兴在城东修了一座占地几十丈的走马转阁楼[3]。新房修好后，他想找一个墨水喝得多、字写得好、有名望地位的人给新房写个堂匾，好绷绷面子，显显名声。想来想去，只有刺史白居易最合适。

俗话说：“豆芽长齐天，还是一门小菜。”薛良兴虽说家里富豪，但在官场上还说不起话，怎能请得动白刺史，只好八方托人。白居易平时对薛良兴所作所为早有耳闻，很想找个机会医治[4]他，这次当然是难得的机会，就满口答应下来。两天过后，薛良兴在家里备了酒席，用大轿把白大人接去。

白居易来到薛良兴家里，一看他那四不像的摆设和尽开黄腔的奉承话，心里就直冒酸水，挥笔写下“极其广大”四个大字，每个字有簸箕口口大。薛良兴高兴得眉毛胡子都在笑。心想：我家金银多、珠宝多、田产多，高房大屋，正合“极其广大”之意。于是再三称赞白大人字写得好，匾的意思也好，忙以厚礼相赠。白居易分毫不收就走了。

薛良兴五十寿辰那天，邀请三朋四友、三亲六戚到家，在一阵锣鼓鞭炮声中，将刷了金的堂匾挂上中堂。那些在座的客人中有不少是读书人，一见这堂匾“极其广大”四个字，一个个呆若木鸡。有人阴阳怪气地问：“匾出自哪位高手?”薛良兴忙答：“本州刺史大人白居易。”大家一听，场面更热

闹啦，有的伸舌头，有的吐口水，有的捧腹大笑，有的交头接耳。薛良兴觉得奇怪，张起耳朵听，也没听到半句恭维话，一看大家的表情，心里很不是滋味。

第二天，那匾的真实意义终于传到“黑良心”的耳朵里。原来，“极其广大”四字出自《诗经》：“极其广大，草木生之，禽兽居之。”当时薛良兴像被人挖了祖坟一样，五脏六腑都气炸了，又无处发作，真是“歪嘴妇人照镜子——当面丢丑”。把匾取下来吧，又怕得罪刺史大人，更有受不完的气；不取下来吧，众人又要耻笑。薛良兴越想越气，越气越凶，竟害起病来，没过几天，就两脚长伸⑤了。

阅读加油站

①本文选自《中国民间故事集成·四川卷》，中国 ISBN 中心，1998 年，第 213～214 页。

②富实郎：有很多田地和财产的人。

③走马转阁楼：十分宽阔的楼房。

④医治：整治。

⑤两脚长伸：指人死了。

编后记

“中国民间故事丛书”是编者从诸多民间传说和民间故事中精心选编而成的一套供中小学生以及民间文化爱好者阅读的丛书。这套丛书所选的故事不仅具有趣味性而且还具有启迪性和智慧性，同时还保留了民间艺术讲述时所用的口语和方言，我们希望把这些原汁原味的民间文化的精华提供给读者，其目的是希望扩大我们优秀的民间文化的影响力，使之得到很好的保护与传承。为了帮助读者阅读，我们在每篇故事之后都设计了“阅读加油站”，对一些难以理解的口语、方言、术语加以注解。为此，编者对此套丛书的出版倾注了大量的心血，付出了艰辛的劳动，才促成这套公益性、普及性读物的顺利出版。

书中插入了大量的插图，由于多种原因，书中使用的少量图片，未能联系上图片的所有者，谨此表示歉意和谢忱！如有需要，请拨打 027－67867317 与我们联系。同时，本书在编写过程中由于时间仓促，疏漏之处在所难免，敬请读者、专家不吝指正！